しなやかに凛として

忙しければ悩まない
悩む暇あったら歩きなさい

（作品「いのちいっぱい生きるのだ」楽書家・今泉岐葉の書）

面影 静華

生涯学習アドバイザー

合同フォレスト

私の趣味は、
旅行や書、
そしてカメラ！

きれいな幾何学模様
自宅の庭のタンポポ

ヒヨドリさん動かないでね～と
念じながらシャッター

散歩途中の桜並木

70歳で始めた楽書
（楽書とは今泉岐葉先生による「言葉に合わせて流儀にこだわらずデザインする、自由な表現の書道」のこと）

置いたのは本物の藤の花

暑苦しい梅雨はキライだけど
美しい花は好き！

東村山市北山公園の菖蒲

花の写真を撮ると、
気持ちも華やかに

鴻巣市馬室荒川河川敷のポピー

ひまわりは
いつもおひさまを
追ってるもん

まるでぼくが
おかあさんの後を
追うように

80ページ
詩「ひまわり」より

はじめに

困ったことがあると、必ず力になってくれる月光仮面のような人が現れました。

若い時、泣いている私に「富士の樹海で迷ったら、じっとしているより一歩を踏み出してみなさい。そうすれば樹海を抜け出せるかもしれないよ」と言った人がいました。

「一歩を踏み出す勇気」心に刻みました。

年を経て「押しても、引いても」びくともしないかどうかは別として、たくましくなりました。何かあると「ハイ、息を吸ってー」と自分に言い聞かせ、10パーセントのクールさを持って、物事に対処しています。

それでも悩むこともしばしば。

そんなある日、『悩むヒマありゃ、動きなさいよ！』（牧野出版、２０１２年）という、漫才師・内海桂子師匠の言葉に出合い、目から鱗が落ちました。

転んだりつまずいたりいろいろ。
嘆いていたらそのまんま。
「転んでも、起きて歩けば道は見つかる」
心の底からそう思えるようになりました。

あの時青くなったことでも、今なら笑える。そんなお話、集めてみました。

面影 静華

目次

第2章 人生は試験の連続

第3章　デパート物語

第4章 離婚して 終わりじゃないよ 後がある

第5章 息子たちと私

第6章 青春の日々

第7章 病院物語

第8章 人生いろいろあって困っちゃう？

第1章

旅物語

ひとりぼっち旅

青森県へ

旅行するなら東北地方。理由は雪があるから。

五能線の「ストーブ列車」に乗車。雪で列車が動かなくなると、乗務員さんたちが「雪かき」。そしてまた走り出しました。

「ストーブ列車」に「雪かき」、日本の情緒のある冬景色。忘れられません。便利になると風情が消えていく。

知人が野辺地にいたので、そこを拠点に日帰りで恐山、大間、奥薬研温泉、古牧温泉などを一人旅。恐山は妖気ただよう場所でした。10年後くらいに再び行った時は観光地化されていて、妖気どころか陽気な場所になっていました。

行けるうちに行っておいてよかった。

◆浅虫温泉

浅虫温泉、棟方志功ゆかりの宿「椿館」へ。

宿代弾んで一泊二食15000円の部屋（当時は1万円でもいい部屋に泊まれました）。

庭付き、露天風呂付。露天風呂に入っている時に雪がちらちら。風情があって素敵でした。

食事は驚くほど豪華で、二人分ではないかと思うほどの量でした。

〈川柳〉一人酒 向こうにまわり はいどうぞ

名物のかっぽ酒を注文。かっぽ酒とは、青竹の筒にお酒を入れ、囲炉裏や焚き火で燗をつけたもの。お酒を注ぐ時にカポカポと音を立てることから「かっぽ酒」。

一人旅は好き、でも食事の時は寂しい。特に一人酒はなおさら。

カポカポとついで飲んだら、向かい側に回り、「さあ、どうぞ」とカポカポとつぐ。そして、またこっちに戻ってカポカポと。つまり、一人芝居。それだけでも寂しさは減る。

誰か見ていたら怪しい人になってしまうのですが、「ひとりぼっち」だから大丈夫。

◆太宰治生家「斜陽館」五所川原市

太宰治の父は青森県で三本の指に入る大富豪。広い敷地、塀はすべてレンガ。地下の大きな蔵は展示室になっている豪邸でした。

太宰治の部屋に泊まりました。

朝日が差す純白の雪原の中をまっすぐ金木駅に進む列車。雪の白と列車の黒だけ。とても美しい風景でした。

私が泊まった月で「斜陽館」は閉館となり、その数年後平成10年4月、太宰治記念館「斜陽館」として開館されました。

◆酸ヶ湯温泉（ヒバ千人風呂）

〈川柳〉**一人旅 バス待ち時間 温泉に**

十数メートルの高さの雪壁の間を縫ってバスが着いたのが酸ヶ湯温泉。ここでバス乗り換え。長年、遠すぎて行けなかったのに、思いがけず酸ヶ湯温泉に来てしまった。

「ヒバ千人風呂。入りたいなあ」

バスの待ち時間が1時間。急いで入れば何とかなる。チャンスは二度とないかもしれない。入っちゃえ。

入り口は別で中は混浴。私「どのくらい見えますか?」。係の人「今の視界は3メートルです」。

千人風呂と言われるだけあって、とても大きい。竹の棒で男女に分けられています。抜き足差し足で境界線に歩み寄ってくる男性。喜寿である今の私なら「もっとこっちにいらっしゃい」というかどうかはわからないですが。当時は40代。若かったので、スーッと遠ざかる。

温泉で温まって、ちょうどバスの時間に。雪壁の中の酸ヶ湯温泉。また行きたい。

◆奥薬研温泉

〈川柳〉**見回して 入ってすぐに 出た湯かな**

奥薬研温泉へ行くには山道をかなり歩かなければならない。トコトコ一人で歩いている脇を車が通りすぎる。「そうよねえ、こういうところは車で来るものよね」と思っても、車持っていないので仕方なし。

「見っけ！」

道端のミニ温泉。家庭用風呂の大きさしかない。

道路からは一段下がっているので見えない。温泉の先に道はないので、人が来る心配はほとんどない。

「えいっ、入っちゃえ」と入ったけれど、しゃがんですぐ出た。あとでゾッとしたのは、人より怖い熊と一緒に入浴となったかもしれなかったから。

〈川柳〉行くべきか 戻るべきかと ハムレット

奥薬研温泉の対岸に「大畑森林鉄道跡」があり、廃線になった後も軌道がそのまま残っているとのこと。温泉に入る前に行こうっと。

地図を見ると、川には奥薬研温泉の手前と奥のかっぱの湯の前に2本の橋がありました。かっぱの湯の前の橋を渡り、廃線の軌道の終わりの方にある橋を渡って、奥薬研温泉の手前に戻れる。地図の上では数センチ。「地図の読めない女」の私は短い距離だと思ったのです。

軌道を歩き始めたらすぐにトンネル。短いトンネルだろうと先に進むと、長いのか曲がっているのか真っ暗。廃線だから照明なし。

その時、何かがいくつもサッと顔の前を横切ったのです。恐怖で声が出ず、足元は石がゴロゴロで走ることもできない。足がすくんで立ち往生。

トンネルを抜けるまでの距離は不明。抜けた先は原生林。道に迷えば遭難の恐れ。先に進むのはやめて、何かが飛び交う中を恐怖に震えながら戻りました。

トンネルの中にいたのは蝙蝠だったのでしょう。

〈川柳〉持つものは みんな同じだ 入っちゃえ

青森県下北半島の秘境の温泉「かっぱの湯」は渓流に面した原生林の中にある混浴露天風呂。無料、屋根なし、脱衣所は簡単な囲いだけ。

東京から来たご夫婦の奥様と私が入りたいけれど迷っていると、ご主人が「みんな持っているものは同じだろ。入ってこい」。「そうだわね」ということで入湯。入ってしまえば湯の中は見えにくいし、ジロジロ見る人もいない。

源泉かけ流しの露天風呂。うめるのは雨。雨が降らないと熱い。渓流を眺めながらの無料の露天風呂は最高。

かっぱの湯は平成17年7月に日帰り入浴施設として再オープン。現在は混浴ではなく男女で入浴時間が分けられています。

秋田県へ

◆男鹿半島

〈川柳〉男鹿半島　自殺するかと　間違われ

入道崎行きのバスに乗ろうとしたら、「お客さん、男鹿駅行きのバスは通りの向こう側ですよ」と運転手さん。「男鹿駅でなくて入道崎に行きたいのです」「お店は閉まっていて何もないですよ」「それでも入道崎に行きたいのです」。そんなやり取りの後、私の気が変わらないとみて乗せてくれました。

男鹿半島といえば入道崎の美しい灯台。見なくては。といっても真冬。何もない。あるのは冷たい海と断崖絶壁。女一人旅。これは危ない、自殺する……と思われるのも無理はない。

入道崎に着いたら、「ここに20分停車していますから、急いで見ていらっしゃい」と運転手さん。20分経って戻ってこなかったら……と思ったようです。

急いで見なければと駆け足。白い美しい灯台の外観を見た後、海岸に降りようと石段を見たら分厚い氷で覆われている。滑って階段を転げ落ちたら、それこそ死んでしまうので、海岸に降りるのはあきらめてバスに戻りました。運転手さんはホッとしたかしら？

◆なまはげ柴灯まつり

〈川柳〉**柴灯まつり 夢中になって おいてかれ**

入道崎の後は、「なまはげ柴灯まつり」見学のイベントがあるホテルに。ホテルのバスで会場へ。ハイライトは、雪が降り積もる山をなまはげが駆け降りる「なまはげ下山」。勇壮で幽玄で。迫力に圧倒され、興奮度マックス。

「あっ！　バスの集合時間」慌てて行ったらバスは跡形もなく。一人取り残されてしまいました。

お巡りさんにホテルのバスに乗り遅れたことを話すと、「こっちに来いや。誰かに送らせっから」と集会所に案内してくれました。「誰かこの人をホテルまで送ってくれや」とお巡りさん。みんなは「まあ入ってあったまれや」とお茶を出してくれて、その後車でホテルまで送ってくれました。寒い北国の人は心が温かい。

ぼっち旅の時は小さな旅館を選ぶべきでした。以前来た時は小さな旅館を選んだのですが、この時は「なまはげ柴灯まつり」のイベントがあったので観光旅館にしました。食事は大きなイベント会場。団体が多く、ぽつねんと食べるぼっち食事の寂しかったこと。

九州へ

平成4年、九州旅行一週間。「乗り鉄」である息子の影響で、時刻表片手に旅行スケジュールを絵入りで作り交通公社（現：ＪＴＢ）で、「これで手配して下さい」と言ったら、係の人が「これ貴女が作ったのですか」とえらく感心してくれて嬉しかったです。

当時の日本旅館は、女性一人では泊めてくれませんでした。

自殺を懸念するからでした。ホテルなら泊まれたのですが、シングルは少なくツインに泊まるしかありませんでした。

一人旅をするには二つの関門がありました。息子たちと母。

母は、女の一人旅＝事件にあって殺される……と大騒ぎ。「家の中にいても敷居につまずいたり階段から落ちたりして死ぬ人はいる。旅行が危ないわけではない」と説得。

息子は「旅行に行くのはおばあちゃんの歳（私の母、当時70歳）くらいになってからにしたら」と。私「おばあちゃんの歳になったら、身動きできなくなっているかもしれないでしょ。だから動けるうち行くの」。息子「じゃあ、一泊二日とか」。私「九州、一泊二日は無理。君たちはしっかりしているから留守番できる」ということで、夏休み中の子どもは親に預けて夜行寝台でひとりぼっち旅の始まり。

〈川柳〉**駅員は 列車到着 大慌て**

高千穂峡、駅で切符を買う時、「お客さんは昨日一人で降りた方ですよね。やはり一人ですか？」乗降客が少ないので覚えていたらしい。

私「はい、一人です（一人旅が好き）」。駅員さん「本当に一人ですか。お友達と一緒のほうが楽しいでしょ」。「そうですね。お友達となら彼とのほうがいいでしょ」と冗談を言ったら、「そうですよねー」ととても納得した駅員さん。

「あっ、いけない。列車が入ってきちゃった。駅長兼駅員、兼小使いです」と慌ててホームへ飛んでいきました。

〈短歌〉晴れ女 建物入れば 雨が降り 外に出たらば 青空になる

九州旅行の時は台風が長崎に上陸するという予報でした。

建物に入ったら土砂降りになり、見学が終わって出てきたら雨が上がる。長崎空港では台風接近で飛行機が欠航かと危ぶまれたのが、直前まで降っていた雨がピタッとやみました。

近年、海外旅行に行った時も、現地は大荒れという情報が入り、どうなるかと思ったら着陸時にはピタッと鎮まり快晴でした。

そういうことが度々あります。私は晴れ女。

〈川柳〉**稲佐山 登り後から 下り先**

タクシーで稲佐山へ夜景を見に。頂上まで運転手さんが案内してくれました。台風接近でほかに観光客はいない。運転手さんと私だけ。少し不安（まだ若かったから）。で、登る時は私が後になり、降りる時には私が先に降りました。何かあったら逃げ出せるように用心。とてもいい運転手さんでした。用心してごめんなさい。

〈川柳〉**一人旅 たまに怪しい 人もいる**

旅行者、しかも女一人旅は目立つ。長崎の眼鏡橋に行こうと歩いていたら、どこに行くのかと声をかけてきた人。「眼鏡橋は取り壊されてもうない」という。観光案内するとついてくる。怪しい。

どうやって逃げようか。目先に銀行が見えた。「銀行に寄りますので」と言って銀行の中に。どうせ出口で待ち構えていると思ったので、別の出口から出て、一目散でほかの道へ。撒けた。ホッ。

後で調べたら、眼鏡橋は健在でした。危なかったなあ。

Column

ツインとダブルとどちらが安い？

女性の一人旅がまだ一般的ではなかった頃は、シングルには泊めてもらえず（自殺の懸念から）ツインになりました。

一人なのにベッドが二つ。「寂しいなあ。勿体ないなあ。二つのベッドに半々に寝ようかしら」と思っているうちに熟睡してしまいました。

宿泊料はダブルのほうが高いと思っていたら違いました。ツインはベッド二つの間を開けなくてはならないので、部屋の広さが必要。寝具も二組用意し、二台のベッドメーキングをしなければならない。ということでツインのほうが高いと知ったのは旅行後。

次に旅行する時はダブルベッドの部屋にして、大の字で寝ましょう。

ぼっちじゃない旅

寝台特急「あけぼの」で

乗る時はいつもソロ。個室なのに普通料金なので発売と同時に売切れになるほどの人気。赤ん坊連れの家族旅行。雪の東北ひとりぼっち旅。友達との秋田旅行。孫に会いに行った時。何回乗ったかしら。

〈川柳〉**星と月 窓いっぱいに 寝台車**

東北大好き。寝台特急「あけぼの」のソロの窓は屋根のほうまで大きなガラス張り。北斗七星が見えた時は感動〜！　ほかの星もたくさん見えて、銀河鉄道に乗っている気分。「こっちの方がたくさんの星が見えるかしら」と窓ガラスに顔を押しつけて、右から見たり左から見たり。まるで子ども。

友達を誘って秋田旅行した時は、友達の部屋からは月が、私の部屋からは北斗七星が。両方の部屋を行ったり来たり。かぐや姫気分。

秋田の孫に会いに行った時のこと。帰京する時に息子夫婦が駅まで見送ってくれました。3歳になった孫は、私が列車に乗る時、「おばあちゃん、かえっちゃうの」と言って、涙をためていました。手を握りしめて必死で泣き出すのをこらえていました。

孫の可愛い姿に気を取られて荷物のことはすっかり忘れていました。お嫁さんも渡すのを忘れていて、列車が走り出してから「荷物〜」と言って差し出しても遅かった。

「汽車は出ていく荷物を残し」、荷物はホーム。私は列車。

幸い切符とお金は手元に持っていました。荷物は送ってもらうことに。

しかし困ったことに家の鍵は置いてきたカバンの中。寝台列車なので着くのは翌朝。家にいる長男に出勤する時にカギを置いていくようにと連絡を取って何とかなりました。

寝台特急「あけぼの」は平成26年3月に廃止されました。

アメリカへ

◆寅さんの口上、英語でがっかり

昭和50年、初めての海外旅行。勤めていた会社からのご褒美。「あんなに重いものが空を飛ぶわけがない」と思う私は飛行機嫌い。おまけに高所恐怖症。飛び立つ時は、座席を握りしめ「降ろして〜」と言いたいのを必死で我慢。

機内では『男はつらいよ』を上映。英語版。

寅さんの自己紹介（口上）「わたくし、生まれも育ちも葛飾柴又です。……姓は車、名は寅次郎……」が聞きどころなのですが、字幕はなく英語で「I was born Katsushika Shibamata. My name is Torajirou Kuruma.」。これにはガッカリ。歯切れのいい口上が台無しでした。

◆トム・ジョーンズの舞台にあがって握手

トム・ジョーンズはイギリスのポピュラー音楽の歌手。日本でも絶大な人気がありました。

1940年生まれで現在83歳。この時は35歳くらい。

ロサンゼルスの天候悪化で飛行機が飛ばず、グランドキャニオン観光は中止。代わりに「トム・ジョーンズのディナーショー」へ。100ドル。当時の日本円で36000円。全員「行きます」で決定。まだ海外旅行が珍しい頃、ドルを円に換算できない。金銭感覚が麻痺していました。

舞台に直角に並んだテーブル。しかも一番舞台に近い位置。スターにあまり興味がない私もいざ目の前にするとうっとり。お酒とカッコいいトム・ジョーンズに酔いしれて、みんなも大興奮。

するとみんなが私に舞台にあがってトム・ジョーンズと握手してくるようにと言い、私はテーブルの上に押し上げられてしまいました。席とテーブルは隙間なく並べられ、歩くゆとりがなかったので、細かいことは覚えていないのですが、テーブルの上を歩いて舞台へ。

トム・ジョーンズと握手できたなんて夢のよう。その時、私は紐に通した穴の開いたお金（5円玉か50円玉）を渡しました。喜んで受け取って下さいました。

「海外には穴の開いたお金はないからそれを紐に通してプレゼントすると喜ばれる」と

教えてもらっていたので持っていたのです。今考えると恥ずかしい。

舞台に簡単に上がれるなんて、今では考えられないことですが、おおらかな時代でした。

◆ホワイトミンクのコート

アメリカ、ミンクのコート、憧れの的。で、ホワイトミンクのハーフコートを買いました。当時の日本では100万円以上でした。それが60万円。日本での半額。欲しい、買わなくては。初めての海外旅行。気持ちはHighに。やはり金銭感覚が麻痺していたのです。

帰国して困ったのは夫へどう話すか。自分の好みのものしか着させない人なので、どうしよう。恐る恐る「ミンクのコート買っちゃった。自分の貯金で払います」。夫「10万円くらい？」。私「そのくらい」。で、無事通過。

外出したら、「おねえさん、これからご出勤ですか」と言われて困りました。ホワイトミンクのコートなど、当時はホステスさんしか着ていなかったのです。

きれいでしたがあまり出番がなく手放しました。

ニュージーランドへ

平成28年、オークランドに住んでいる友達を訪ねての旅行10泊11日。現地は友達が案内してくれるものの往復の飛行機はひとりぼっち。その時の私は71歳。息子は心配だったらしく、私「オークランドのK子ちゃんのところに行ってくるね」、息子「二泊三日?」、私「それじゃ着いたらすぐ帰ってこなくてはならない」、息子「一週間くらい?」、私「まあそのくらいかな」とごまかす。

K子ちゃんのメールアドレスを教えて、「行ってきまーす」。あらまあ、10泊11日と言うのを忘れました。成田空港から息子にメール。

往復の飛行機はひとりぼっちで10数時間。機内一泊。

機内には日本語のできる客室乗務員がいるはず。英語のできない私がビデオの操作方法を聞こうとコールしたら、日本語がわからない人が来て困りました。

自分でなんとかできたので映画を見て過ごす。機内で使った単語は「Yes」「No」「Excuse me」「No thank you」。あとは身振り手振り。食事のワインの選択では、指差しでした。

オークランド空港に着いて入国手続きの時に滞在先を聞かれのですが、K子ちゃんとの連絡はいつもメール。携帯電話の番号も聞いていない。彼女の滞在先のホテルの名を聞くのを忘れていて、英語が話せない私はお手上げ。

友達が空港に迎えに来ることは伝えたけれど通じたかどうか。入国手続きが済まないと友達に会えない。そのうち、71歳で悪いこと（運び屋）をしそうにないと思われたのか通してくれました。

第2章

人生は試験の連続

高校受験

心理作戦

昭和20年生まれは少なかったので、高校受験は広き門。都立高校しか受けませんでした。倍率は2倍くらい。定員割れの高校もあり、落ちたら定員割れの学校に回れました。

当時、解答は数学を除いて○×式。確率は二分の一。解答がわからない時は鉛筆を転がす人が多いですが、フロイトに夢中だった私は心理作戦。

出題者の気持ちになって「1問目は○だったから2問目は×」「次は○にせずに×」……いい加減な考え方でしたが楽しかった。

1問目から取り掛かった数学。2問目でつまずき、時間はどんどん過ぎていきあせりました。

担任の先生の「わかる問題から」という言葉を思い出し、解き進めたものの時間切れで全解答できず。しかし結果は大当たり～。９科目９００点満点中、８２０点で志望校に合格。

こんな調子で合格したので、入学してからが大変でした。

Column

それいけ‼ココロジー

「それいけ‼ココロジー」は、平成3年4月20日～翌年3月21日まで放送された心理学をテーマにした番組。出演者に対し心理テストや夢判断を行い、深層心理を分析するのが主な内容。

私が高校受験した時から30年後の人気番組で「それいけ‼ココロジー」の言葉が流行りました。

入社試験

ラッキーだった?!

高校は病気で長期欠席（少女時代の入院については第7章で詳しく）。志望校に受かる自信はなく、家庭の経済事情で浪人もできません。高校3年の夏に進学をあきらめ就職組に切り替えました。

百田尚樹さん『海賊と呼ばれた男』（講談社、2012年）のモデルとなった石油会社に就職しました。その物語の終わりの頃に私は勤めていました。「家族主義」を信条とし、従業員を大切にした経営者でした。

入社試験。面接待ちの控室。社内報があるのでパラパラとめくったら、石油の原油から製品になるまでの工程が書いてあり、興味を持ちました。それが筆記試験に出て、驚いたり喜んだり。

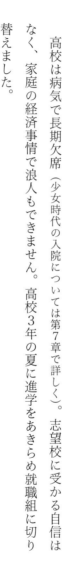

面接でムッ！

面接は試験官（重役）が五人。

志望した理由を聞かれたので「人間尊重主義の会社だから」と答えました。会社について知っていることはという質問には「日章丸という世界で一番大きいマンモスタンカーを持っている会社」と答えました。

「よく知っているね」と褒められました。実は、朝のニュースで日章丸のことを取り上げていたのを見たのです。

試験官の一人が隣の試験官に小声で「この子が、秘書室長が言っていた子ですよ」というのが聞こえて、「あっ、父が手を回した」とムッとしました。当時の秘書室長さんと父は、ちょっとした知り合いだったのです。

親のコネで入社したくないという思いもありましたが、父が手を回していなかったら、採用されなかったかも。

再就職

職業訓練校試験

女手一つで子どもを抱え、生計を立てていた私は何度も失業や転職をしました（子育てについては第4章・5章で詳しく）。失業した時の駆け込み寺はハローワークの公共職業訓練校。49歳で再就職をするには資格がないと難しいので、職業訓練校の試験を受けました。

筆記試験は国語と数学。合格率は50パーセント。合否を分けるのは数学。中学卒業程度とあるものの、過去問題集で解けないものがあるので、近所の高校生から中学の数学の教科書を借りて勉強しました。

面接試験は厳しく、面接官は「こんなにいいお給料をもらっていたのになぜ辞めたのですか」と痛いところを突きます。返答に困った私は「仕事はお給料が高ければよいというものではありませんから」と不合格を覚悟で言いました。

「そうですよね」ととても納得した面接官に私の方が呆気にとられました。

面接もクリアして職業訓練校に入校し、一般簿記、会計ソフトを使っての簿記、Word、Excelほか多くを学びました。

電卓はキーを見ないで打てるように、パソコンはブラインドタッチができるようになりました。ブラインドタッチは現在でも役に立っています。パソコンの機種が変わっても抵抗なく使えています。

検定試験

正月休み前、訓練校の担任に「スキーに行ってはダメですよ」と釘を刺されました。

電卓は猛練習。簿記もひたすら練習問題を解き、勉強、勉強、勉強。お正月も返上。

検定試験の直前は睡眠3時間が続き、体調を崩しました。その時、医師に「寝不足と手遅れは、どんな名医にも治せません」と言われました。医師はどうして寝不足だとわかったのでしょう。不思議でした。

若いうちは睡眠不足も乗り越えられますが、「心は若者、体は歳相応」を自覚しないといけませんね。

電卓検定の朝、めまいがしました。検定試験は受けたい。行くだけ行って、体調が悪ければ諦めよう。そう決めて試験会場へ。

隣の席の20歳代の男性が「自信がない」と言い続けます。なんて気の小さい人と思った私は、「ダメと思えばダメだし、大丈夫と思えば大丈夫。頑張りましょう」と気合いを入れました。自分に言い聞かせる言葉でもありました。検定試験中は私のめまいはどこかに飛んで行ってしまいました。

50歳で全経簿記2級（後に日商簿記3級取得）、電卓検定3級に合格しました。

大学へ

三つ巴

48歳で慶應義塾大学入学。通信教育課程で勉強しました。その時はシングルマザーになっていたので、仕事・子育て・勉強の三つ巴。当時の通信教育課程は1年で半数の人が脱落、卒業率はなんと3パーセント。生活面、いろいろ工夫しました。卒業した時は還暦でした。

スクーリング・宗教哲学

夏季スクーリング。正味七日間。小企業では休みが取れず、苦肉の策として会社に「地方での結婚式に出席するので」と二日間の休暇願。社長が勘違いして「結婚（再婚）するの。おめでとう」。私「だといいのですが、親戚の結婚式です」。

よく「お葬式」を使い、何人も死んだことにしてしまう人がいますが、この場合、お葬式は突発的なもので使えませんでした。

スクーリングは試験の日と前日（試験情報あり）だけ出席。受講できない日の講義は友達に録音してもらいました。

受講したのは「宗教哲学」。最終日の試験は当然ながらさんざん。先生が「心残りのある人は、あとで私のところにいらっしゃい」。

早速、教授の研究棟に飛んで行きました。会社を休めず二日間しか受講できなかったことを正直に話しました（情に訴えました）。

ロビーで先生とお茶飲みながら「これからのお墓のあり方」について1時間歓談。「小家族の現代、お墓作ったら日本中お墓だらけになってしまいます」との私論に先生が賛同。

単位は取得できました。

スクーリング・writing

11月下旬からの夜間スクーリングは18〜20時。週1×10回の講義。英語のwritingでは、毎回40題出て、うち2題が次週の試験に。どれが出るかわからないから全部覚えないとならず、当時、50歳を超えた私には至難の業。大きな単語カードを使って通勤電車・信号待ちでも暗記、覚えられないものはキッチンやトイレに貼り、入浴時には紙とボールペンを持ち込んで風呂板の上で、書く、かく、カク。ボールペン一本つぶれました。

受講期間中に初孫が生まれた時は、往復の飛行機の中でもwriting。書く、かく、カク。出席率を考慮してくれる先生だったので、あとは「それいけ!!ココロジー」。

最終試験は難しく、とにかく最後の最後まで残って提出。最後に出せば私のことは印象に残り、先生は「最後の最後まで頑張っていた生徒」と情で「プラス1点」でも下さることを願って提出。なんとか、単位取得できました。

卒業

通信教育課程で学び卒業したのが60歳。卒業したら角帽で写真を撮りたいと思っていました。慶應義塾大学は角帽ではありませんが、卒業式の日は写真屋さんが角帽と衣装を用意していました。人気があり、長蛇の列。待つこと1時間半。生涯で一番残したい写真になりました。

撮り終わって、自分の専攻科の卒業パーティに顔を出したら、卒論指導教授が私を探していました。教授から「仕事を持ちながらの学業だったのですね。大変でしたね。頑張りましたね」と言って下さり、卒業の喜びをかみしめました。

私の卒業論文は、教授の手元に残していただけました。

第3章

デパート物語

素敵なお客様たち

にっこり微笑んで「いらっしゃいませ」「有難うございました」というと、気持ちが明るくなり辛いことも忘れられます。お客様に接することは好きでした。

お客様は、数あるデパートの中でこのお店を選んで、時間と交通費をかけていらして下さるのです。「いらっしゃいませ」「有難うございました」はそんなお客様への感謝の言葉だと思います。

メーカーの派遣社員としてデパートに勤めました。

Tデパートからデパートに変わっても、引き続きご贔屓にして下さったお客様、有難かったです。

Tデパートからのお客様。お嬢様に、エンゲージリングはMデパートにいる私から購入するように言って下さり、お買い上げいただきました。

そのお嬢様は私が退店する時にお餞別に素敵な帽子を下さいました。その帽子は長年愛用しました。

お得意様をお招きしての帝国ホテルでの「武田鉄矢クリスマスディナーショー」。お客様が上司に申し出て下さって、ご主人様の代わりに私を同伴して下さいました。武田鉄矢さんの素敵なトーク。ステーキの美味しかったこと。さすが帝国ホテルだと思いました。

クイーンエリザベス号でたびたび旅行なさるお客様。ある時、私と一緒に旅行したいと招待して下さいました。嬉しかったのですが、お招きに感謝したうえで丁重にお断りしました。お客様と従業員、一線を引いておかなくてはいけないと私は思いました。

指輪を返されてしまったお客様

ダイヤの指輪をお求め下さったお客様が「これを中に入れて下さい」と差し出したのは手紙。

二日後、そのお客様が「返品できますか」とご来店。プロポーズして受け取ってもらえなかったのです。売場の責任者に相談し、返品処理をして返金しました。10数分後に再びご来店。接客にミスがあったかとヒヤッとしました。お客様が「ご迷惑をおかけしたので」と差し出したのは香水。丁重にお断りしてもどうしても受け取ってほしいと、押しつけるようにして私の手に。

それは「プワゾン」。1985年、クリスチャン・ディオールが発表した香水。日本で大ブームになりました。いただいたのはその頃でした。「プアゾン」とはフランス語で「毒」ですが、販売員は意味を知らずに勧めたのかもしれません。濃厚な香りに私はなじめませんでしたが、お客様のお心遣いに感謝して、使わせていただきました。

地震、お客様にしがみつきそうに

低いカウンターで椅子に座って男性のお客様を接客中に十勝沖地震発生。大きな揺れ。「怖い！」と言ったのは私。「大丈夫ですよ」と言ったのはお客様。カウンター飛び越えて、お客様にしがみつきそうになった私。

災害発生時は、落ち着いてお客様を安全なところに誘導するのが店員の役目。それを忘れてしまい、恥ずかしかったことを覚えています。売り場に店長がいたら叱責を受けるところでした。

接客中に忽然と消えた私

椅子に座って接客中にお客様の目の前で、私が一瞬にして消えました。お客様も私もビックリ。一瞬、何が起きたかわかりませんでした。

お客様「大丈夫ですか?」。後ろにあるはずの椅子がなくて、私はひっくりかえったのです。

接客中に男性販売員が後ろを通り、立ち上がって道を譲った私。男性は椅子をずらしたまま、わざともとに戻さなかったのです。

デパート内は、同じメーカー同士でも、個人の売上げで競争。男性販売員の意地悪でした。

そんな男性販売員が前に接客していたお客様。「あの客はダメだ(買わない)」とぞんざいな接客。そして相手にしなくなりました。そのお客様が来店なさった時に「あのお客様、接客していいですか?」と聞いたら、「ああ、いいよ」と。

私が接客して、お客様は100万円の宝石を現金でご購入。横目でチラチラ見ている彼によく見えるように、お札を扇型に広げて少し高めに持ち100万円数えました(当時、お札の計数機はなかったので）。気持ちよかった〜。倍返ししてスッキリ。

お餞別がパジャマ

デパートを去る時に売場の責任者からお餞別をいただきました。私はメーカーからの派遣社員だったので恐縮しました。

開けてみると「ピンクのパジャマ」。ビックリ、普通、お餞別でパジャマはないでしょ、と戸惑いました。その年配の責任者と私は個人的なお付き合いなどないのですから。

後にあの事のお礼かなと思いました。

売場で不正をしている人のことを報告し、大きな被害を防いだことがありました。

そのお礼？　それにしてもピンクのパジャマとはねえ。未だに謎です。有難く着させていただきましたが、その方の夢は見ませんでした。念のため。

お詫びがシルクのパンティ

老舗のデパートの宝石売場に勤めた時のこと。ご高齢のお客様が多いところでした。時にはお客様が勘違いなさることも。

お得意様が18金のネックレスをご購入なさいました。

後日、「購入したネックレスを渡してくれなかった」とお客様相談室に。

売り場の責任者に呼ばれた私。お客様が身に着けてお帰りになったことと、販売した時の状況を告げ、それを見ていた数名の販売員の名を伝えました。

お買い上げ後、売り場に預けていないか、修理の預かりも調べましたが、そのような事実はありませんでした。その後、お客様がタンスの引き出しの奥にしまい込んでいたのがわかりました。見つかってよかったです。

後日、私にお詫びをなさって、「あなた、Mかしら L かしら? ちょっと後を向いて」。

私「???」。私の後姿を見て、「やっぱりLだわね。実は中国に行って買ってきたの」と、シルクのパンティを下さいました。

先日のお詫びだったのですが、戸惑った私。有難くいただきました。

お孫さんへのプレゼントではなかった

ご高齢の男性のお客様がお孫さんのような若い女性と宝石売り場にご来店になり、高額品を購入なさいました。接客中に大手のマンション経営会社の会長様とわかりました。「お名刺をいただいてもよろしいでしょうか」と名刺をいただきました。

数日後、売場の責任者に呼ばれました。お客様相談室に苦情が入り、秘書の方が「クレジットカードの明細がきたけれど会長はこのような買い物をしていない」と大変ご立腹だとのことでした。

名刺をいただいているので、ご本人に間違いない旨を売場の責任者に告げると、「わかった」ということでした。クレジット払いで「会社に送ってほしい」とおっしゃるのでそのように処理したのですが、秘書の方に伝えていなかったようでした。

名刺をいただいておいたことで救われました。

いろいろなお客様がいらっしゃいます。

バッグの中（ブランド品）をぶちまけたお客様

「時計売場はどこですか？」とお客様。私は「お直しでしたらこの先の右側で」とそこまで言った時にお客様が「スニーカーを履いているからといって馬鹿にして」と激怒。先に「時計売場は左で、お直しは……」と言えばよかったのですが、後の祭り。

ちなみに間にショーケースがあるのでお客様の足元は全く見えません。

「申訳ありません。そういうつもりで申し上げたのではないのですが、お許し下さい」とお詫びしても、大きな声で喚き散らすばかり。

そばにいる男性の販売員に「この人が……、私はこういうものを持っている」とバッグの中身をテーブルの上に出し始めました。

責任者のところに飛んでいき、接客の不備をお詫びして、交代していただきました。

責任者からのお詫びで何とかおさまって、時計売場にいらしたお客様。

私は事務所に飛び込んで涙。同僚が「あんなお客さんのことで泣いたら涙がもったいない」「あのお客様が戻ってきたから、あなたは事務所に入っていなさい」と。

お客様は、またもやバッグを開けて、購入した時計を見せ、そのほかバッグの中のブランド品をすべて並べて、再び苦情。

その後、売場の責任者に呼ばれました。私の接客ミスをお詫びしました。「自分の身なりに劣等感を持っているお客様もいるからねえ」と売場の責任者。わかって下さいました。

翌日、休憩に行く時にそのお客様が真正面からこちらの方に。覚悟のうえで私はお客様の正面でピタッと止まり、頭を深く下げて「昨日は大変失礼いたしました」とお詫びしました。

どんな罵声が飛んでくるかと覚悟したら、「私の方こそ失礼しました」と。

後で冷静になったら、自分の行動が恥ずかしくなったのでしょうね。きっと。

第4章

離婚して終わりじゃないよ後がある

「どうして離婚したの?」と聞かれると、「私のわがまま離婚です」と答えることにしています。夫婦のことは夫婦にしかわかりません。

身の危険を感じる場合は別として、「とにかく離婚したい」と準備なしに別れると後が大変です。

離婚の相談を受けることがありますが、その方に聞きます。「仕事はどうするの?」「仕事中、子どもはどうするの?」「住むところは?」と。離婚するには「勇気」と「大きなエネルギー」が必要なのです。

金銭問題は重要です。安易に男性に頼るのは、私自身好みませんが、「離婚しました。子どもを抱えて飢えてしまいました」では、取り返しがつきません。

離婚は熟慮と準備の後で

同じ屋根の下に住んでいれば夫婦というわけではない

「同じ屋根の下に住んでいれば夫婦かしら」と聞くと、「当たり前だ」といった夫。その言葉から、離婚を視野に3年間準備をしました。

離婚を切り出した時、夫は「寝耳に水だ」「世間体があるから離婚できない」と言っただけ。話し合いをしようともせず、私がどうして離婚したいのかも聞かれませんでした。

離婚に関するいろいろな問題は私が調べ、最終的に公正証書にしました。

離婚資金を貯める

少なくても1年くらい食べられるお金を貯める。私も仕事をしていたので、その中から月々一定額を積み立てしました。離婚後の生活費ですからおろさないように、電車で行かなければならない遠くの銀行にし、キャッシュカードは作りませんでした。

親権問題

家庭にパソコンやインターネットがない時代でしたから、市役所の法律相談に行き、親権や養育費の問題を調べました。

親権は離婚を言い出した方が不利。落ち度があった方が不利。どちらにも落ち度がなく、「性格の不一致」のような場合は、収入の多い方が有利でした。

ということで、私が親権を得るのは難しかったのです。

子どもたちとの生活費は私の収入で賄い、家庭内別居に踏み切りました。つまり、向こうから離婚したいと言わせるようにしました。卑怯かもしれませんが、私も必死でした。

家庭内別居に音を上げた夫は「離婚届持ってこい」と言いました。「ここにあります」と保管しておいた離婚届を出しました。

親権について夫は「一人ずつにしよう」と言いました。物ではあるまいし、「親が離婚するだけで子どもには大きな犠牲を払わせるのだから、子どもを別々に引き離すことはできません」と私。

夫「二人育てることはできない」。私「子ども二人は私が育てます」。ということで、夫は親権を放棄。あっさり離婚しました。

養育費

夫は子どもが20歳になるまで養育費を払うことになります。

調べると、養育費を途中で送ってこなくなる例が少なからずあります。夫が先々再婚したとして、新しい奥さんの立場に立ってみれば、別れた妻と子にお金（養育費）を送られるのは不快だと思いました。養育費が途絶えると死活問題なので考えました。

養育費は子どもが20歳になるまで、物価の上昇に合わせて支払われます。本来、養育費は月々支払うべきもので、一括払いはできませんが、私は養育費を一括で支払って欲しいとお願いしました。その代わり、物価上昇による養育費の値上げは要求しないことにしました。

当時、夫名義の持ち家でした。「私は他人ですが、血がつながっている子どもが飢えたら悲しいでしょ」と情に訴えて、家の一部を財産分与してもらいました。

そのおかげで、子どもが20歳になるまで生活ができました。もちろん私も必死で働きました。

誰にも相談せずに離婚

離婚を考えた時から誰にも相談しませんでした。こじれる原因になるからです。夫婦の事情を知らないのに、誰もがもとのさやにおさめようとします。特に母は親戚集めて大騒ぎする人なので、相談したくありませんでした。

不思議なことに離婚届を出した翌日、母から電話があり、「何かあった？」と聞いてきました。父が夢に出てきて「あの子（私）のことは法律的にちゃんとしないといけない」といったそうです。私は何も変わったことはないと言いました。

離婚届を出してから妹に「お母さんの様子を見て、私の離婚を伝えてほしい」と頼みました。

三人四脚の生活

離婚、子どもたちへの伝え方

離婚した時、子どもは小学6年と5年でした。

離婚前、子ども二人を別々に呼び、「お父さんとお母さんは別々に暮らすことになったの。これから先、お父さんと暮らすかお母さんと暮らすか決めて。お母さんは収入が少ないの。お父さんと暮らすならお金には困らないの」と言いました。

長男「ケンカしたの？　仲直りすればいいじゃない」。私「そうよね。何度も話し合いをしたけれど、別々に暮らすことになったの」。長男「それって離婚でしょ。クラスにもそういう子いるから、ぼく大丈夫だよ」

子ども二人、別々に話したのは、二人が相談せずに、それぞれ自分の意思で決めて欲しかったから。二人とも「お母さんと暮らす」と答えるのはわかっていましたが。

生活への不安はありましたが、悩む暇はありませんでした。無我夢中で年月が経ちました。病気も抱えていたのに、よく今日まで無事にきたと思います。

離婚して、息子たちとの生活が始まりました。

母や妹が「二人育てるは大変だから、下の子は子どものいない妹夫婦の養子にしたら」と言いうのを断りました。どこかに預けたら、子どもは「お母さんに捨てられた」と思うかもしれません。そんなことはできませんでした。

「一杯のかけそば」ではないけれど、たとえラーメン一杯を三人で分けて食べることがあったとしても、決して子どもは手放さないと決めていました。

勉強ができなくてもいい、丈夫で真っすぐ育ってくれれば、それでいい。

離婚して気をつけたこと

父親の悪口は言わないこと。子どもたちの父親であることに変わりはないのですから。

そして、体を壊すので昼も夜も働かないこと。健康第一です。

また、これは気のせいではないと思いますが、離婚すると女性はモテます。うちは、慰謝料は発生していないのですが、「慰謝料をもらっただろう」とお金目当てで近寄ってくる人もいます。よほどしっかりしていないと、お金を巻き上げられて悲劇に、ということになることも。

ちなみに、よく「なぜ再婚しなかったの？」と聞かれました。「再婚しても同じでしょう」と半分冗談で答えていました。子どもと私で一つと考えてくれる人でないと、子どもを不幸にしてしまう、そう思いましたし、忙しすぎて、再婚相手に巡り合うチャンスもありませんでした。

息子の結婚にもと夫が参列希望

次男の結婚式にもと夫が出席したいと言っていると聞いたのは義姉から。気持ちはわかるものの、「子どもたちは私が育てました。あなたは何もしてくれなかった」と言いたい言葉を飲み込みました。息子の問題なので我慢。

義姉には、「息子に聞いてみます」と答えました。次男は心に引っかかるものがあったようで、断りました。父親としてはとても寂しかったと思います。

父親の死と息子たち

末期癌

離婚する時に子どもたちに「お父さんであることに変わりはないのだから、何時でも会っていいのよ」と言いました。

会いたがらなくて困ったこともありました。「お父さん、寂しいのだから会ってあげなさいよ」と言うと、長男は、「話すことないよ。じゃあ、お母さんだったら何を話すの?」と。返答に困りました。胸が詰まりました。

もと夫が余命2カ月。癌の末期と知らせてきたのは、離婚後もあたたかく付き合って下さった義姉でした。

長男は仕事帰りに病院に行っては、父親といろいろ話をしていました。まるで長年の空白を埋めるように。

地方に住む次男は家族そろって上京し父親に孫を会わせました。とても喜んだそうです。

あと一週間持つかどうかという時、長男は会社を休んでずっと病院に付き添うと言いました。

私は、「お父さんが死ぬのを待つようなことはやめなさい。お父さんは1年以上生きるかもしれないのよ。そうしたら君はずっと会社を休むの。仕事失うわよ」と。

もと夫には新しい家族がいましたが、亡くなる前に息子に「お前に葬儀一切頼むよ。うちの(今の奥さん)は取り乱してしまうだろうから」と遺言しました。

お通夜の時は、一晩中長男が付き添っていました。「親父といろいろ話したよ」と。お通夜・お葬式、新しいご家族と話し合いながら、長男は遺言通り役目を果たしました。

お通夜で困った

義姉は遠い地方から来るので、宿泊に困りました。それで私がインターネットでホテル探し。離婚した後も、もと夫の兄姉たちは以前と変わらなくお付き合いして下さいました。有難いと思います。

悩んだのは、お通夜・お葬式。私が出てもいいのかどうか。

遺言で、息子が葬儀一切を任されたこともあり、また義兄姉たちとのお付き合いは続いていたので、目立たないようにお通夜の最後の方に行きました。

会場に着くと、一般席と身内の席に分かれていました。今は身内ではないものの、一般席には誰もいません。お帰りになった後でした。そこに座ると目立ちすぎ、かといって身内の席には座れません。困っていると、もと夫の兄嫁が手招きして椅子を指さします。そこに着席。

遺体とのお別れに義姉が手招きするのです。今のご家族の手前もあり、私は行けないと手を振り断りましたが私の名前を呼んでずっと手招きし続ける義姉。本当に困りました。

結局、遺体とお別れしました。

もと親戚に囲まれて困った

お通夜が終わり、式場の外に出たとたんに廊下でもと親戚の義姉たちに取り囲まれました。

「しばらくね」「元気だった」と。これまでと同じ様に接して下さる義姉たち。嬉しかったのですが、「これはまずい」と思いました。目立たないように行動したつもりが、あらゆるところで目立ってしまい、新しいご家族は不快だろうと思いました。

帰宅したら、義姉から電話がありました。もと夫の今の義母にすごい勢いで「あの女を呼んだのはあんたでしょ」とかみつかれたそうです。気持ちはわかるのですが、私はもと妻であって、「あの女」と呼ばれる筋合いはありません。義姉もそのことを憤慨していましたが、私が行かなければ波風立たなかったと思うと、義姉には申し訳ない気がしました。

義姉は悔しさを電話でぶちまけます。そこに長男が帰宅したので、「伯母さんが大変だったようよ。話を聞いてあげて」と言って、受話器を渡しました。

息子は葬儀を滞りなく済ませ、感謝されても、私が行くのはまずかったのでしょう。

もと夫の実家のお墓相続問題

もと夫の両親は早くに他界したので、18歳上の長男に育てられたそうです。

その長男夫婦が、離婚後も私や子どもによくして下さいました。経営していたペンションにも招いて下さり、子どもたちが寂しい思いをしないように気を遣って下さいました。毎年、年賀状はもちろん、電話も下さって、私たち親子の様子をたずねていました。

離婚しても同じ苗字を名乗りました。同じ苗字でも新戸籍です。

理由は、私が実家の名字に戻ると、子どもたちが「どうして名前が変わったの」と聞かれて可哀そうだと考えたからです。

実家の名字に戻らなかったので、母は、子ども二人いるのだから一人は実家の名字を継がせ、一人は婚家の名字を継げばいいと勝手なことを言っていました。それを断ると母は怒り、母との間は上手くいかなくなりました。

義兄が85歳も超えた頃でしょうか、私の長男にお墓を継いで欲しいといわれました。

昔は、知り合いで縁の濃い人は同じお墓に入れるという風習がありました。私たち親子にお墓がないので、その辺を思っての義兄の配慮かもしれませんでした。

しかし、新戸籍で戸籍上はつながりがなくなったのですから、継ぐわけにいきません。そのことを姪から父親（義兄）に話してもらい、お断りしました。

義兄は90歳を超えて亡くなりましたが、これからも付き合っていくようにと娘（姪）に言い残して逝きました。最後まで私たち親子を気にかけて下さいました。

第5章

息子たちと私

〈詩〉ひまわり

おかあさん おかあさん
ひまわりのおかあさんはおひさまでしょ

どうしてそう思うのとおかあさん

だって、ひまわりはいつもおひさまを追ってるもん
まるでぼくがおかあさんの後を追うように

おひさまは「大丈夫　ここにいるよ」と
暖かく明るい光で包んでくれるのよ

ぼくのおかあさんといっしょだね

〈詩〉人はどうなるの

あれは息子がまだ小さかった時のこと
おかあさん 子どもって大きくなったらどうなるの
だんだん大きくなって 大人になるの
大人になって それからどうなるの
おじいさんやおばあさんになるの
それからどうなるの
ちょっと困った返事がしづらい

5

やがて死ぬのよ

えっ、死んじゃうの
とたんに息子はワンワン泣いた

さあ困ったどう答えよう
私の頭の中はグルグルグルグル

あのね、お花って咲いたら散るけど
また咲くよね
それと同じよ
その人の子がいるのよ
そしてまたその人の子が
おかあさんがいなくなっても

あなたがいるでしょ

息子はわかったのかどうか
「うん」といって泣き止んだ

息子は人は死ぬということを
初めて自覚したのでした

〈詩〉**結婚しなくちゃいけないの**

おかあさん 結婚ってしなくちゃいけないの？

そらきた！
う〜ん、なんて答えよう

5

その時、息子は小学6年

離婚したばかりの私には
結婚したほうがいいよと言えない
しないほうがいいよとも言えない
結婚（家庭）に向いていない人もいる
結婚したくない人もいる

頭の中はグルグルグルグル
そしてこう答えた

結婚しなくてはいけないわけではないけれど
結婚したほうが経験が一つ増えるよね
経験から学ぶことは多いからね

あれから数十年 息子はまだ独り身
まっ、いいか

〈詩〉ぼくが言ってあげるよ

子どもが寝てから泣いていた
職場の女性の意地悪に

その時ふすまがそっと開く
上の子どもが顔を出す

おかあさんどうしたの
誰にいじめられたの
その人にぼくが言ってあげるよ

5

起こしてしまったごめんねと
涙をぬぐって振り向いて
大丈夫よとほほ笑む私

その時 心で誓ったの
二度と涙は見せまいと

それから笑顔で元気なおかあさん
子どものおかげでなれました

〈詩〉**どうせ、また同じだよ**

重た～い 高い位置まで上がらない

ミニシャンデリアの取りつけ
子どもに手伝わせても上手くいかない

試しに子どもに言ってみる
どんな反応示すだろう

おとうさんがいないとこういう時困るわね
そうだ おとうさんに戻ってきてもらおうか

だめだよ どうせ同じことになるよ
ふうん 案外よく見ているもんだ
もう一つ 言葉を投げかける
じゃあ 新しいおとうさん探そうか

5

馬鹿じゃない！
強い拒否の口調

あの時 子どもはまだ中学2年
そうかそうか
おかあさんはぼくだけのおかあさんだったんだね
しっかり育てていこう そう心に誓った

親の役目は、子どもたちが困難にあっても、自分で考えてそれを乗り越える知恵と勇気を持ち、人生をしっかり自分の足で歩ける人にすること。転んだり、滑ったりして、人間は強くなると私は思います。

子どもたちに言いました。「20歳までは責任を持って育てます。それからは自分の好きなことをしてもいいです。ただし、自分の言動には全て自分で責任を持つこと」と。

息子たちの成長

幼少期

◆裸にしちゃえ！

年子の男の子二人、代わるがわる熱を出すので、どうしたらよいかと悩んだ時、新聞に、北海道で子どもを真冬でも裸で育てている記事が写真と共に掲載されました。

「これだわ！」と私。顔は洋服着ていなくても平気。ということは体も顔と同じにすればいい。と思いました。

迷った末、実行。夏はパンツ1枚。秋になって、鼻水たらし出し、また迷いました。でも「風邪ひいたら医者に連れていけばいい」と。

冬でも上半身裸で、外で遊んでいる息子を見た人が、「おいたをしたのね。早くママに謝って、お洋服を着せてもらいなさい」。

保育園に入るようになり、さすがにパンツ1枚というわけにいかないので、半そで半ズボンにしました。乗り越えました。熱を出さなくなりました。

◆追い出されても平気な息子

冬の夕暮れ。いたずらしたので玄関の外に追い出して10分後、見たらいない。まだ4歳。探し回る私に、「半袖で公園を駆け回っていた子がいましたよ」と教えて下さった方がいて、行ってみたけれどいない。

走り回るのに飽きたらしく、本屋で立ち読みしていました。私「どうしようと思ったの？」。息子「公園で寝ようと思った」とあっけらかん。

叱られても平気な息子。あっぱれ、強く育て！

◆パンツ滑り

夏はパンツ1枚で育った息子たち。

家の裏は山を切り崩した坂道。赤土の坂道は格好の滑り台。毎日、パンツが赤土で落ちない。まあ、パンツは買えばいい。「わんぱくでもいい、たくましく育ってほしい」で行こう。

◆美味しいものがたくさんあるよ

息子がヤクルトを持っている。私「それどうしたの？」。息子「あそこにあった。たくさんあるよ」。

裏山の切り崩した上はお墓でした。お供え物のヤクルトでした。

◆「これ落ちていたよ」子どもが持ってきたのは結婚指輪

夫と喧嘩して、夫の見ていないところで結婚指輪を投げ捨てました。

それを息子が拾って「お母さん、これが落ちていたよ」と夫の前で。焦りました。

◆泥棒に入られた？

帰宅したら台所の窓の桟が切られている。泥棒に入られたと私は真っ青。

恐る恐るドアを開けて家の中に入ったら、荒らされた跡がない。変だなあと思ったら、なんと桟を切ったのは息子。

小学1年からカギッコの息子。カギをなくして家に入れないので、物置にあったノコギリで桟を切り広げて、開いていた窓から室内に入ったとのこと。

よくまあ思いついたと感心したり呆れかえったり。「それだけの知恵を勉強に向けるといいわねえ」でした。

電話がつながらない

雪の降る日の日曜日。私は抜けられない仕事があり、子どもたちは風邪気味だったけど職場へ。

仕事の合間に家に電話して安全確認。ところが何回電話しても誰も出ない。

「風邪気味なのに雪に喜んで外を走り回っているのかしら？」

職場は家から1時間近く。様子を見に行けない。しかも当時はデパート勤務で、その日は催事の入れ替えがあり、早退もできない。

電話にも出られない状態かしら。不安は募るばかり。

最悪の事態を覚悟して帰宅。恐る恐るドアを開けたら……二人とも元気。へたり込みそうなほどホッとしました。

私「なぜ電話にでなかったの？」。息子たち「電話なんか鳴らなかったよ」。

そんな馬鹿なと、電話のコードをたどれば抜けていました。掃除機が当たって、抜けたようでした。

ああ、無事でよかった。電話のコードは抜けないような処置をしました。

前代未聞の中学修学旅行

長男の中学修学旅行は東北地方。集合は上野駅。

朝、半分寝ぼけ眼の息子を送り出す。大丈夫かしら。

校長先生から電話「息子さんが集合時間になっても来ていません。出発時間なので、お母さんが息子さんを連れてきて下さい」。つまり、修学旅行の行く先々をたどって、息子を送り届けるということ。

当時はまだ携帯電話が一般に普及していなくて、担任の先生↓校長先生↓私という連絡方法でした。

どこに行ってしまったのかしら。

息子は鉄道好き。その影響で私も時刻表をたどることはできるので、時刻表で行方を追及。代々木上原駅で乗って寝込んで千葉県柏まで行ってしまったのかしら。あるいは銀座線に乗り換えてから寝込んだら浅草か渋谷。それらの駅に呼出をかけるも見つからず。

息子から電話があり、「乗り越して今、上野駅に戻った。これから追いかける」と。自分一人で行けるという息子に、親が付き添って行かないといけないから、上野駅にいるようにといい先生に連絡しました。

社長に電話で事情を話して仕事は休み、家にあるお金をかき集め、上野駅で息子と合流しました。

追いついたのは中尊寺金色堂。担任の先生に息子を引き渡した後、「この後、小岩井農場に行きますがお母さんも一緒にいらっしゃいますか」と聞かれたので、「はい、はい」と私は二つ返事でニコニコと中学3年生に混じってバスに乗りました。

小岩井農場で別れた私は、その後盛岡を観光し、わんこそばを食べて帰りました。

息子の修学旅行は、私の高校の修学旅行と同じコース。私は修学旅行の二日前に病気で入院し、行けませんでした。それから23年。行けなかった修学旅行の一部に行けたのでした。

のちに校長先生に「修学旅行を追いかけて合流というのは、前代未聞でした」と言われてしまいました。

長男が高校修学旅行に行かなかった本当の理由

長男の高校修学旅行は沖縄。修学旅行には行かないと言っていると、担任の先生が私の職場に訪ねていらっしゃいました。私から息子に行かない理由を聞いてみることに。

息子「うちにそんな（修学旅行に行く）お金があるわけない」と。

母子家庭になって、息子としてはお金のことが心配だったのでしょう。

修学旅行の積み立ても学校でしていたのですが、私は貯金通帳を見せて、「貯金があるから修学旅行に行けるのよ」と言いました。

それでも「飛行機が嫌いだから」と頑として聞かず、修学旅行には行きませんでした。

その後、「修学旅行のお金（積立金）戻ってきた？　まだなら僕が聞いてみる」と息子。

長男は「お母さんが困っているのではないか」と心配だったのでしょう。心配してくれた息子の優しい気持ち、嬉しかったです。

それから30年後、つまりつい最近。修学旅行に行かなかった話が出てわかった本当の理由。

飛行機に乗りたくなかったのと、修学旅行の期間中、「列車の一人旅をしたかったから」でした。そのお金は自分でアルバイトして貯めたお金でした。

よくまあ30年間も私をだましていたこと。「お見事」と笑ってしまいました。「乗り鉄」である息子の気持ちがわかりました。

車が一回転

クリスマスイブの日。

「あいつ（次男）事故ったらしいよ」と長男から電話。

免許を取ったばかりの次男。車の運転がしたくて仕方ない。

お兄ちゃんの車をこっそり運転して、事故を起こしたらしい。

テーブルの上には免許証。無免許で運転し、事故を起こしたのかしら。

女の子を乗せていなかったかしら。事故の状況は？　怪我は？　何もわからない。

さすがに私も血の気が引いていく。冷静にならなくては。

警察署に電話したら、市内でそのような交通事故はなく、隣接の県警を通して調べてくれました。その結果、事故があったけれど物損で、もう本人は帰ったとのこと。

物損で怪我もなかったので、家に寄り免許証をおいて、クリスマスデートに行ってしまった次男。まったくもう、こんなに心配しているのに。

カーブで曲がり切れず、ガードレールに衝突。スリップして車は反対向きに。

車は壊れたものの、本人はかすり傷も負わなかったのと人を乗せていなかったのは幸いでした。

さあ大変、兄弟げんかが始まる。殴り合いか、もっとひどいか。私は覚悟を決めて、二人の様子を見ていました。

車はシャシーがダメになって廃車。長男は「弁償しろよ」。たったそれだけしか言いませんでした。「起きてしまったことをとやかく言ってももとに戻らない」というのが彼の考え方。

それから次男は日給1万円のバイトをして、60万円になったところで、「これで勘弁して下さい」と長男に頭を下げました。長男はそれで了承しました。
あの時の長男は偉かったと、今でも思います。

息子に逃げられちゃった

7月7日、次男は帰ってきませんでした。その時息子は20歳。まだ携帯電話がない時でした。男の子だから友達の家に泊ったのだろうと思ったのですが、二日たっても三日たっても帰らなくて。

「あーあ、逃げられてしまった」そう思いました。

息子の机の引き出しをかき回して、友達の電話番号を探ろうかと思ったのですがやめました。「あの子は今、母親から自立しようとしている。それに網をかぶせるようなことをしてはいけない」という思いでした。

でももしかしたら事故か事件に巻き込まれたのかも。警察に届けようか。心は揺れ動きました。その時息子は職業訓練校に行っていました。欠席していたら警察に捜索願を出そう。

ご飯を食べる度に涙が茶碗の中に滴り落ちました。

一週間経ち、職業訓練校に先生を訪ねると、「一日だけ休んだだけですよ。家に帰るように言いましょうか」。無事でよかったと胸をなでおろし「無事が確認できたので、もう少し様子を見ます」と言いました。

私が職業訓練校を訪ねたと知ったら、息子の心はもっと遠くに行ってしまうような気がしたのです。

長男が、「姿を見かけたよ。洗濯をしに来たみたい」と。

次男は帰りにくくなっているのだろうと思い、ドアを入ったところに「ここは君の家だから、いつでも帰っておいで」と大きく貼り紙をしました。それからも音沙汰がありませんでした。

7月26日、次男から電話がありました。7月7日に消えてから20日ぶり。無事でよかった。決して怒ってはいけない。家を出たのには何か理由があるのだろうと自分に言い聞かせました。

「元気だった?」

「うん、彼女帰っちゃった」と泣きだしました。そうか、Y子さんと一緒にいたのだとホッと。

「明日帰るよ」

「うんうん、ここは君の家だからね」

その時、私は「カウンセラー養成講座」を学んでいました。

カウンセリングの基本は「共揺れ・協調・一致性」ですが、「一致性」がわかりませんでした。この時、息子と二人で半分泣きながらの電話で「あっ、これが一致性だわ」と思いました。つまり、息子の心がよくわかったのです。気持ちが一致したのです。

東京に戻って来たＹ子さん

息子は、家出中は車で寝泊まりしていたようでした。「できるだけ長く一緒にいたかった」と。

Ｙ子さんは東北地方の実家に帰り、息子は家に帰ってきました。それからは毎晩ラブコールの電話。１カ月で電話代５万円は踏み倒されてしまいましたが、息子が無事だったからまあいいか。それにそんなに好きな人がいることはいいことだと。

Y子さんはおばあさんに乞われて帰ったのですが、やはり二人は離れ離れでいることが辛く、東京に舞い戻って、息子と暮らすことになりました。

息子には、「あちらのご両親にすれば君はどこの馬の骨ともわからないのだから心配でしょう。君は全責任を持たないといけないよ」と。

先方のお母さんに電話したら、「いいんですよ。Y子は言い出したら聞かないから」と息子と暮らす許可を下さいました。

家出した理由

以前からY子さんとお付き合いしていた息子。ある時私に「10年後も今と変わらない気持ちでいるならプロポーズしてもいいかなあ」。

私「ダメよ。10年じゃ。お父さんとお母さんは12年で別れたのだから。一生変わらない気持ちでいられるようでなくては、プロポーズできないね」と。

その後、自信がついたのかプロポーズしたのでした。

その時、息子は失業中。職業訓練校で学んでいました。年齢も21歳と若すぎました。

5

でも私は反対しませんでした。息子の人生だもの。息子がいいならそれでいい。

二人で暮らして1年。Y子さんは跡継ぎ。やはり実家に帰らなくてはなりません。

その話が出た時、私は質問しました。

住むところは実家としても家賃くらい払わないとならない。

息子の仕事はどうするか？

息子は職業訓練校を卒業し、自動車の二級整備士の資格を取り就職しましたが、向こうに住むなら会社も辞めなくてはなりません。

Y子さんの答えは、「向こうで二級整備士を探している会社があるので、そこに就職できる見込みです。私の貯金で家賃ほか、生活が落ち着くまでまかないます」と。

これだけしっかりした人なら大丈夫。

向こうでは車が必要だからと中古車を購入。その代金は二人の旅立ちへの私からのプレゼント。

二人が出発する日、不幸があり、その葬儀の手配で多忙だった私は二人とゆっくり別れを惜しむ間もありませんでした。あーあ、行っちゃった。

結婚式

自動車整備士として就職も決まった息子。その2カ月後。東北地方は冬が早い。雪が降らないうちにと10月初めに結婚式。

息子は向こうで就職したばかり。東京の友達は遠くて呼べず。Y子さんのお父さんが、息子が勤めた新しい会社の人をみんな呼んで下さいました。

しかし困ったことに長男が弟の結婚式には出ないと。理由は、長男は会社を辞めて失業中だったのでお金がないから。私が出すからと言うと「家からお金が出ることに変わりはないからヤダ」と。「お母さんに負担をかけたくない」という気持ちもあったのでしょう。「世界でたった一人の弟なのよ。だから結婚式には出て、祝ってあげて」と説得しました。

息子の結婚式で号泣した私

息子の会社の社長さんがスピーチで、「僕も母一人の手で育ちました。ここまでくるにはお母さんは大変なご苦労をなさったことと思います。お母さんに捧げます」と、森進一さんの「おふくろさん」を歌って下さいました。私は号泣してしまいました。

結婚後、息子は自動車整備士県大会に出場し1位になり、全国コンテストに出場しました。

会社には息子の等身大の立体写真がありました。誇らしく嬉しかったです。

捨てちゃった！　新品のスノーボードブーツ

タイミングがよすぎてとんでもないことに。

ドアを開けたら、不燃物の袋にスノーボードブーツが入っている。新しそうだけど不燃物の回収当日の朝にドア前に息子が置いたのだから捨てていいのだろう、不燃物は月1回しかないし……と捨てて、急いで出勤。

その晩、「僕のブーツは?」「回収に出した」。それからが大変。

スノーボードに行くのでブーツを出しておいたのだそうで、買って1カ月、まだ2回しか履いていない。息子は怒り心頭。

「すぐにゴミの集積所に電話して取り戻して」と。電話しても夜遅くて業務は終わっているといっても聞かない。仕方なく電話したら人が出て、「もう粉砕しました」との返事。普段は怒ることない息子が鬼のよう。ごもっとも。

息子の怒りはだんだんエスカレート。これは危ない。身の危険を感じて、「キレないでね。キレてもブーツは戻ってこないからね」と言ったら少し落ち着いてくれて、何とか私も息がつけた。

ブーツは新品を買って弁償する。明日は現地でレンタルするように、レンタル代は私が払うと言うと、「あのブーツは自分の足に合うように調整してあるから、レンタルではダメなんだ」と。

それでも弁償することで何とか納得してくれました。

なぜゴミ袋に入れたかを聞いたら、「軽くて取手があって持ち運びしやすいから」と。せめて不燃物でなくほかのごみ袋（生ごみの袋とか）に入れれば捨てなかったのに。袋は裏返して使えばよかったと私がいうと、息子は自分にも落ち度があったことに気づいたようでした。

新しく注文したブーツ代だけで、レンタル代は息子持ちで許してくれました。息子もよくこらえてくれたと思います。

手のかからない母親

長年お付き合いのある保険の外交の人が私に話したのですが、私の留守の時に訪問したら息子がいたので「息子さんから見てお母さんってどんな人」と聞いたそうです。

息子の答えは、「手のかからない親です。あのくらいの歳（当時60歳近く）になっても、どこかに連れてって欲しいと言われたことがないです。旅行はどこにでも一人で行ってきます。何回失業しても、何故か上手に仕事を見つけてきます」。

確かに息子の言う通りで、一人で東北地方一回り、九州半周ほか、旅行しました。

失業しても次の仕事につけたのは、周りのみんなのお世話で仕事の方から歩いてきてくれたからです。感謝しています。

また別の時、私と息子がいる時にその保険の外交の人が来て世間話。

「女手一つで二人のお子さん育てて大変だったでしょ」

私「手をかけられなくて」。息子「僕たち勝手に自分たちで育ちました」。

「好きなことすればいい」と言った息子

子どもたちが社会人になって私の手を離れた48歳から大学の通信教育課程で学び、卒業したのは還暦でした。

息子に一緒に居酒屋に行きたいと言ったら、「嫌だ！」と一蹴されました。

「君たちにずいぶん負担をかけたけれど、大学の卒業が決まったのでお礼をしたいし、還暦のお祝いもしたい」と何とか説得。

息子しぶしぶ行ってくれましたが酔いが回るにつれ、いろいろな話をしました。息子と飲んだのはその時が初めて。

会社でパワハラにあい、体調も崩していた私。

「お母さんは40年働いてきたの。還暦になったし、もう仕事辞めてもいいかしら」と言うと、「やめてもいいんじゃない。これからは自分の好きなことをしたらいいよ」と。

涙があふれそうになりました。

その後、会社を辞め、旅行や書、カメラなどの趣味を楽しんでいます。

母子家庭への偏見

母子家庭の場合、偏見の目でみる人は多かれ少なかれいます。

同じ職場の人に突然「あなたの子どもは不良になるわよ」と言われました。

その時、怒っても仕方ないので、深く息を吸い、相手の目をまっすぐに見た私はこう言いました。

「私は子どものことは責任を持って一所懸命に育てています。それで曲がったとしたら、その責任は全部私にあると覚悟しています」

相手は、謝りませんでしたが「私、余分なこと言ったみたい」と小さな声で。

ヒステリックな人は相手にしない。数歩下がって、その人を客観的に見る。

カウンセリング養成講座で身についたことでした。10パーセントのクールさを。

こんなこともありました。

息子たちがボールで遊んでいて、植木鉢を壊してしまった時、お詫びしたのですが、大家さんが「あなたはカタワよね」。一瞬何のことかわかりませんでした。

つまり、車は両輪が揃っていて走れるもの。家庭も同じ、両親が揃っていて家庭がうまく行く。離婚したということは片輪だから走れない。従って息子たちは……悪い子になるという偏見。

偏見を持った人に何を話しても仕方ないので、相手にしませんでした。

母子家庭になってから公営住宅に住んでいたことがありました。ある時、福祉の人が訪ねてきました。

その人が「ここ（公営住宅）に住んでいるのは恥ずかしいことですよ。だから早く、ここを出るようにして下さい」と。

公営住宅に住むことは「恥ずかしい」ことでしょうか。確かに入居するには所得制限があります。つまり低所得の人しか入れません。でも私は子ども二人を女手一つで育てるために一所懸命働いていました。所得が低く公営住宅に入っているからといって、恥ずかしいとは思いません。

福祉という仕事をしていながら、そのような心無い言葉を使う人の方が恥ずかしいと私は思いました。

熱中症とコロナのダブルパンチ

医療の切迫を感じる

令和4年8月1日、最高気温35度。

野球のナイター観戦に行った息子が夜中に帰宅。熱中症対策として用心してスポーツドリンクではなくて経口補水液を持参し、こまめに飲んだのに、途中から入らなくなった（吸収されなくなった）そうです。

その晩は体を冷まして休みました。熱37・2度。頭痛あり。気分が悪い。

翌日、数カ所病院に電話するも受診できず。救急車を呼ぶか迷った時に相談する#7119に電話。万一のためコロナ対応している病院に受診するようにと教えてくれたのですが、病院には全て断わられました。

電話しているうちに息子は「すごく寒い」と毛布にくるまって目を閉じてしまったので

おかしいと思いパソコンで検索したら、「熱中症、寒気→命に係わる危険な状態」。救急車を呼ばなくては。

１１９に何度かけてもかからず。つながるまで40分。救急車が到着するまで30分。「コロナと熱中症は症状が似ているので、コロナの対応ができる病院を探します」と救急隊員の方。市内の病院も隣接するいくつかの病院も対応ができないと断られ、隣接する県の病院が受け入れてくれました。救急車に乗ってから1時間が過ぎていました。

病院では別室で長時間待たされ、ＰＣＲ検査の結果、息子は陽性、私は陰性でした。看護師さんの「歩いて帰って下さい」の言葉に仰天。

救急車で帰るのが一番だそうですが……ないので無理。保健所の車も病院の車も手当てがつかず。公共交通機関は使えない。タクシーもダメ。

家まで歩いて1時間半。夜になったとはいえ外は猛暑。歩行に支障があり、後期高齢者の私がコロナ患者で熱がある息子を連れて歩いて帰ったら死んでしまう。ゾッとしました。

「介護タクシーなら使えますが1万円以上かかります」と看護師さん。

またしばらく待機したら、保健所の介護タクシーがやっと確保できました。電車で一駅のところがタクシー代は１２０００円。でも、命には代えられませんでした。

午後3時ごろから病院探しの電話、救急車内で受け入れ先探し、診療を受けて帰宅できたのは夜の7時半。

「救える命が救えなくなる」という報道を実感しました。

自宅療養

私が陰性で、動けたことが幸いしました。

必需品をネット通販で購入し、届くまでの間の分はスーパーで用意。バルスオキシメーターを借りる手続き、届け出。スリッパは洗えるものに変え、タオルは使い捨てを使用し、洗濯物はビニール袋に入れて廊下に出してもらい、袋を逆さにし触れることなく洗濯機に入れ、感染予防をしました。

1階と2階で完全に住み分け。食事は部屋の外に置きました。

息子も私に感染させないように慎重でした。自分の部屋での食事にも医療用のゴム手袋をはめていました。

処方された熱を下げる薬を飲んだら、胃が痛くて気分も悪いというので調べたら、一番きついものを処方されていました。病院に連絡して、薬は飲まないことに。

コロナに関してわかっていないことが多く、薬も熱を下げるだけで一番効果の高いものを処方されていました。体には負担が大きく、怖かったです。

幸いコロナの症状は軽く熱も頭痛も三日目には治まりました。

家庭内感染をせずに済みました。

5

第6章

青春の日々

〈詩〉心友

あなたは、夢の中で私に会いに来た
あれから何年経つかしら
あなたに二つ聞きたいの
遠いあの日のあのことを

中学卒業のサイン帳にあなたが書いた
「よきお嫁さんになられんことを祈る」
誰のお嫁さんに私はなるの
あなたのお嫁さんになりたいの

旅先から贈ってくれた二ポポの指輪
単なるお土産 それともなあに

今でも大事に持っているわ
なにも言わずにそばにいた
黙ってそばにいるだけで
ただそれだけでよかったね

誰もが一緒になると思っていた
でも赤い糸は見当たらず
時を経ても幼なじみのまんま
だからきっとよかったの

神田川で見た雨に煙る桜
それは雪に変わり 皇居で雪見桜
美しかった それが最後になるなんて

その翌日に出た辞令
とても遠くに行くのよね
二人だけの送別会

「じゃあね」と駅で私を見送ったあなた
ふと「これきり会えないのでは」そう思った

それから7年 二晩続けて夢枕
あなたに何かあったとわかったわ
ずっと病気だったと知ったのは後のこと

指切りしたのに 黙って逝っちゃったね
そのうち私がそっちに行った時
教えてね サイン帳と指輪の意味を

K君は中学3年で同じクラスになり、高校は別でもずっとお付き合い。病気で私が入院した時は、たびたびお見舞いに来てくれました。お見舞いに来ても、黙ってそばにいるだけ。それでもよかったのです。私の青春は彼。彼の青春は私でした。

赤い糸では結ばれていませんでしたが、一生の心友でした。

カップル作り

好きな子と並べて大喜び

中学3年の担任が、アンケート調査。

「クラスで好きな異性を、順位をつけて三人。他のクラスで好きな異性を一人」書くというもの。

あとで先生に聞いた話によると、希望する相手を↓矢印で結ぶ。例えばT君がSさんを好きならT↓S。一方、SさんがT君を好きならS↓T。で、T↕Sとお互いに好きあっているので並ばせる。

私は一番好きな男の子K君と相互↕で、同じ班、隣同士に並べました。ヤッター。

私と仲のよかった女の子もK君を書いたのですが、矢印は一方通行。思いが届かなかった彼女は泣きだしてしまいました。

このことを知った他のクラスの男の子が羨ましがること。「O先生のクラスに行きたい」とか、「うちのクラスもやって欲しい」とか、大騒ぎ。

卒業式で号泣

好きな子と並べたのですから、勉強にも励むし、楽しいし最高の中学3年でした。

毎日、下校は一緒。彼は遠回りして家まで送ってくれました。いえ、今と違って「純情可憐」を絵にかいたようで、手もつながず、適当な距離を取り、黙って一緒に歩くだけ。それだけでよかったのです。

打ち合わせしなくても、夏休みの学校のプールは一緒。また、電車で行く図書館もいつ

も お互いが同じ時間に毎日のように行って、並んで勉強。お昼は一緒にラーメン屋さん。私の家で勉強したことも度々。いつも二人でいました。

別々の高校に進み、会えなくなるかと思うと悲しくて、私は中学校の卒業式で号泣。周りを驚かせました。

カップルその後

初恋物語1

高校は別々でも交際が。ある朝、K君は駅で私を待って遠回りをして通学したことも。文化祭ではいつも一緒にお互いの学校へ。

高校2年の時、私は大病で入院。K君は頻繁にお見舞いに来て、何を話すわけでもなく、黙ってそばに付き添ってくれました。

高校卒業後、私は就職。K君は国立T大受験に失敗。その時は「T大だけが大学じゃないよ」という言葉しか私には言えませんでした。ところが、「目をつぶっても受かる」と言っていたW大も不合格。私もショックで言うべき言葉が見つかりませんでした。

K君は予備校通いとなったので、母親から「勉強の妨げになるといけない」と交際を禁じられました。

翌年、彼はW大に合格。就職した私は仕事に慣れるのが精いっぱい。そして私が引越ししてしまったこともあり、一時、二人の間は遠ざかりました。

K君はW大を卒業し、就職後は地方勤務。今と違って携帯があるわけでなく頻繁に連絡はできず。でも、月に一度帰京する時には連絡があり、新幹線で東京駅に着くのを待って会いました。

「元気だった?」

「元気よ」

食事をしながら言葉少なく。そばにいるだけ。

W大を卒業した後、旅先からくれた手紙にニポポの指輪が同封されていました。「卒業したので北海道を旅行している」とだけの文。指輪に意味があるのかしら？　単なるお土産？
彼を待っていたいという気持ちはあるものの、何も約束していないし。
年頃になった私には次々と親が進める縁談が。やがて……。

初恋物語2

時が経ち、K君は東京に転勤で戻り、私も地方から戻りました。たまに開くクラス会。
ある年の4月6日。
神田川の桜を見に。冷たい雨に煙る神田川の桜。一幅の日本画を見るようでした。
そこから皇居北の丸庭園に着いた時には雨は雪に変わっていました。
満開の桜に降り積もる雪、松の緑、とても美しい景色でした。

〈句〉初恋の 別れのあの日 雪桜
〈句〉神田川 氷雨に煙る 桜花
〈句〉皇居前 松の緑に 雪桜

6

その翌日、彼には遠地への辞令が出ました。突然のことだったそうです。最後の食事会。駅で別れるK君の目に涙が浮かんだような気がしました。ふと「もう会えないかも」と私は思いました。そしてそれが最後になりました。

数日後、遠い地方に転勤していきました。

7年後、K君が二晩続けて夢枕に立ち、キスをして飛び去りました。ビックリして飛び起きました。それが亡くなった日。

転勤後、ずっと病気だったのです。

手も握らない、キスもしたことない、プラトニックラブ。

だから美しい思い出になったのでしょう。

懐かしい友達

同期会・クラス会

昔ふさふさ、今、バーコード
昔乙女で、今、太め

男「君のこと好きだったんだ」。私「あら、残念だわ。高校生の時に言って下されればよかったのに」。男「だって君は、彼といつも一緒だったから」。

アッ、そうだった。K君と高校は別だったけれど、文化祭は一緒にお互いの学校を行ったり来たりだったっけ。

自作の和歌でラブレターをくれたN君

N君は同じ病院に通う、中学のもとクラスメイト。私が入院した時はお見舞いに白百合の花束。お誕生日には「乙女の祈り」のオルゴールをプレゼントしてくれた文学青年。百人一首を引用したり、自作の短歌に自分の気持ちを託したり、手紙をよくくれました。「君に似し 姿を街に 見しときの 心おどりを あわれと思え」「君は鈴蘭のようだ……」など。

N君が大学生、私が社会人になった頃、私が通るのをちょっと離れた道で待っているのです。大きいから目立ってしまう。すぐに見つけて、角を曲がった私は追いつかれないように走りました。

中学生の時から敬語をきちんと使えて、勉強も運動もできる。理想的な人です。プロポーズもされたのですが、真面目すぎて私はワクワクできなかったのです。で、「ごめんなさい」しました。

お向かいのたかおちゃん

生まれた昭和20年から40年まで官舎住まいでした。今ほどではないにしても出世競争だけでなく、洗濯機やテレビが出ると競うように購入しました。親だけでなく子どもの成績や進学も表面に出ないものの競争でした。

たかおちゃんのお母さんは「お向かいの子が寝るまで勉強するように」と。それを母から聞いた私。一計を案じました。

官舎は戸建てで、玄関の板張りに机を置いていました。夜8時になると電気を消して、テレビを見に居間に。お向かいをそーっと見ると、たかおちゃんは電気を消して、勉強終了。それを見届けてから私は再び机に向かいました。面白いなーと楽しんでいました。

私はすごく勉強したかというと、勉強しているふりだけで小説ばかり読んでいました。

母がお茶や夜食を運ぶという口実で監視に来るので、書きかけのノートを開いて（白紙では勉強していないのがわかるので）、母の足音がすると小説は机の下に隠しました。スリリングでした。

八百屋のケンちゃん

私を救ってくれたケンちゃん。幼稚園で一緒。お父さんが八百屋さんで、私が住む官舎が軽トラックで回る最後の場所。仕事が終わると、私をヒョイと軽トラックに乗せて家に連れて行ってくれました。そして毎日のようにケンちゃんと遊びました。いじめっ子の前に立ちはだかり、私を守ってくれる優しいケンちゃんでした。

小学校は別々でしたが、８年後に中学で再会し同じクラスで並んで座りました。その25年後に偶然また会いました。よほど縁があったのでしょう。子どもを抱えて失業した時、ご自分の会社に雇ってくれました。

第7章

病院物語

病院とのお付き合い

ABBAでステップ、救急車

60歳くらいの時。運動不足だからたまにはと、大好きなＡＢＢＡをかけて軽くステップ。20分くらい気持ちよく踊りました。その時はなんともなかったのですが、夜中過ぎに身動きできず、右にも左にも向けない。天井を見たきり。

翌朝、息子は「救急車呼ぶ場合に備えて、ドアのカギは開けていくよ」と旅行に行ってしまいました。

手探りで携帯をつかみ１１９に電話。パジャマのまま担架に。「すいません、枕元の服を全部持って来て下さい」と救急隊員の人にお願い。恥ずかしかったです。

急な運動はいけません。ラジオ体操で腰を痛めてしまう人もいるそうですから。

でもやっぱりステップを踏むのは好き。ＡＢＢＡ、マイケルジャクソン、ボンジョビなどかけて、ノリノリでクッキングしています。

「踊る大捜査線」を観に行って自分が踊ってしまった

新宿の映画館へ。短いエスカレーターを乗り継いだ時、「チクッ」としました。エスカレーターを降りて足元を見たら、30センチの血だまり。「映画のサスペンスみたい」と、事の重大さより好奇心。

足をついたとたんにせり上がってきたエスカレーターの段で向こうずねをえぐったようでした。起きたことは仕方ない。「どうしよう」でなく「どうしたらよいか」。人を呼ぼうにもカウンターは遠い。周りの人に係の人を呼んでもらう。その間、カバンを差し出して「この上に座りなさい」と言ってくれた人。劇場の人が来たので待ち合わせていた友達二人に呼出をかけてもらう。

「救急車呼びますか?」

「呼んで下さい」

救急車が来て、「『踊る大捜査線』を観る前に自分が踊ってしまいました」と言ったら、

7

みんな、笑うに笑えず。顔が引きつっていました。

救急車内部をキョロキョロして、「うちの市のよりいい救急車だわ」。

アドレナリンがたくさん出ているせいか傷口の痛みは感じず。

でも麻酔の注射が痛いのなんのって、「先生、痛いのは生きている証拠ですよね」と。

これは自分に言い聞かせている言葉でした。8針縫いました。

終わって、映画を観ずに私に付き添ってくれた友達二人にお詫びをし、「お腹空いたでしょ。みんなでご飯食べに行こっ！」と私。

地元の整形外科医

平成になって間もない頃、両手首が痛くて、地元の整形外科へ。

リウマチ科がメインのクリニック。

検査の結果、医師が「リウマチですね。痛み止めの薬を出します。痛み止めはだんだん効かなくなって、より強い痛み止めを出すようになります。リウマチは進行し、1年半くらいしか（命は）持たないでしょう」と。

あまりのことに呆然として意味が呑み込めませんでした。

帰宅して、知人の小児科医師に電話で状況を伝えました。不安から、私は話しながら取り乱してしまいました。

医師は「私があなただったら、大きな病院に行きます。例えば東京女子医大病院とか」と。

その言葉にハッとして、取り乱したことを恥ずかしく思い、冷静さを取り戻しました。

やっぱり10パーセントのクールさは大事。

誤診のおかげで重大な病気を発見

セカンドオピニオンを東京女子医大病院で受けました。

検査の結果、リウマチではなく「非AB型肝炎」でした。当時、まだC型肝炎ウィルス（HCV）という言葉は聞きませんでした。

「非AB型肝炎」というものがあるとわかったのは、平成元年（1989年）にアメリカのChiron社の研究グループによってでした。私が東京女子医大病院を受診したのがその数年後でした。

当時、治療法はなく、慢性化↓肝硬変↓肝癌と進行し、死に至る病気でした。不治の病。覚悟をしました。「肝臓は沈黙の臓器」と言われるように、自覚症状はありませんでした。

私の場合、大学病院を受診したことで、発見できました。

非AB型肝炎（現C型肝炎）の原因

13歳と17歳の時の輸血が原因でした。

17歳の10月2日、病院に行くのでバスを待っていた時、景色がセピア色に見えました。子どもでしたから、「面白いなあ、なんでこんな風に見えるのだろう」と思いました。着いた病院で医師は「今、ここからお母さんに電話しなさい。入院です」と。

二日後が修学旅行でした。

私「先生、修学旅行から帰ってきたら入院しますから、修学旅行だけは行かせて下さい」。医師「片足を棺桶に突っ込んでいるんだよ」。

そのまま、４カ月間入院。修学旅行には行けませんでした。

すぐに輸血が開始されました。病名は「低色素性貧血症」。赤血球が少ない、いわゆる血が薄いと言われる病気。景色がセピア色に見えたのは、そのためでした。

医師の話では、総血液量がおよそ4000cc。輸血したのは13歳の時に2000cc。17歳の時に2000cc。つまり、2回とも総血液量の半分がなかったことに。棺桶に片足を突っ込んでいたのでした。

輸血で命拾いをしました。しかし、それがもとで後にC型肝炎になりました。それがわかったのは30年後のこと。

Column

人間の総血液量

「人間の血液量は体重の約13分の1（8パーセント）」と言われています。一般的に、総血液量の3分の1が抜けると立てなくなってしまう危険な状態となり、半分が抜けると死に至ると言われています。

7

少女時代の入院

喜寿の現在までに入院数回。

子どもの時は「学校休める」と喜んで、医師に「片足を棺桶に突っ込んでいる」と言われたら「私、美人薄命かも」と思い、高齢期になったら病院慣れして「入院を楽しくする方法」を考えるようになりました。

13歳、初めての入院

昭和33年、低色素性貧血症。

自覚症状がなかったので、「わーい、勉強しなくて済む。本が読める」と内心喜んでの入院生活。テレビはなくラジオの持ち込みもできず、ひたすら読書。古事記、ギリシャ神話、ローマ神話などなど。

退院後からはずっと病院通いが始まりました。

17歳、病気再発

昭和37年、再発。

この時はショックでした。すぐに輸血の日々。２００ccを10本。

小児科は15歳までで、高校生からは内科ですが、担当医が私を引き続き診るということで小児科に入院しました。

病院から通学

入院は10～1月の4カ月。学校は80日欠席すると留年。

高校は進学校だったので一番気になったのは勉強の遅れ。そのことで頭いっぱい。仲のよい女の子に「数学のノートを貸してほしい」と言ったら断られました。数学は1回の授業で10ページ進むので、断られても仕方なし。

困って、中学の同級生だったK君に相談。「2年の数学のテキストはもう終わっているからいいよ」とノートを貸してくれました。

小児科医長は長期入院の子どもの学習の遅れを考慮し、病院からの通学を取り入れていました。昭和30年代としては画期的なことでした。

また、医長の計らいで、インターンの先生二人が数学を見て下さいました。英語は看護婦さんが見て下さいました。

そのうえで、120日にわたる入院の中で、40日欠席し、残りの日数を午前中だけの授業を受ける形で出席日数を確保できるようにして下さいました。

また、食堂で夜8時まで勉強できるようにも配慮していただきました。

40日の欠席後病院から通学するも、病身であることもあり、授業の遅れは大きかったです。

病院から脱走

入院していると家が恋しいのは誰もが同じ。家に帰りたくて、窓から脱走した人がいました。私は「窓から脱走しなくても」と学校のカバンを持って正面玄関から堂々と脱走。家に帰ってしまいました。

慌てたのは病院と母。なんとか一晩の外泊が許されました。

母が「何食べる？　好きなものを言いなさい」。「カレーがいい」と私。お寿司とかもっといいものをという母に、「カレー」。当時は一週間カレーでもいいほど好きでした。

C型肝炎

子どもの時の輸血がもとでC型肝炎とわかったのが40歳代後半。まだ治療法がありませんでした。

正しい知識がいきわたっていなくて、東京都職業訓練校では、「空気感染する」と思い込んでいる先生に、「退校かもしれない」と言われました。空気感染ではないことを伝えましたが、もし退校となったら、東京都に抗議するつもりでした。偏見を持たれた時は、

「相手に知識がないのだ」と思うことにしていました。

結核もコロナもそうですが、治療法が発見されていない時は、いろいろな憶測が飛び交います。結核の患者を出した家など、東京でも村八分にあっていました。

インターフェロン治療

平成4年、日本でインターフェロン単独療法が保険適用となり、治療が開始されました。費用は当時1000万円といわれ、週数回の接種で1年間の治療。副作用がきつく、完治率は低い。いろいろな問題がありました。

60歳の時、インターフェロン治療を勧められました。

私は「年齢的に考えて、慢性化↓肝硬変↓肝癌↓死と進むのと寿命が尽きるのと同じようなものだからこのままで」と断りました。

治療は、体力的な問題から65歳までが望ましいとのこと。子ども二人抱えての母子家庭。治療費もなく、あきらめていました。

その後、副作用が少なく週1回の接種でよいペグインターフェロンが開発され、さらに新薬も開発され、死に至る病気だったC型肝炎は、現在では治療のできる病気になりました。

平成20年63歳。「あなたは前向きだから治験受けたら？　今は、寿命100歳だから」と医師から勧められました。

室料一日15000円が0円

C型肝炎の治療を治験で受けるに際し、治療が適しているかを判断する検査入院。病室は二人部屋。一日15000円。とてもそんな金額払えないので、入院したその日に大部屋に移動を依頼しました。製薬会社の人に、「大部屋に移動します」と伝えると、「室料は当社で持ちますので、どうぞこの部屋にいて下さい」と。

眺めはいいし、もう一つのベッドは空いていて、一人部屋と同じ。最高。無料ならと病室移動はやめました。

段ボール二箱

家から遠い病院に、仕事を持っている家族が度々洗濯物を取りにきて、また届けるという労力と時間と交通費を考えて、パジャマはレンタル。下着は使い捨てのものを用意。パソコンは盗難にあいやすいので持込禁止。日用品以外で持ち込んだのは書道用具、ビデオ、本ほか、病院に送ったのは段ボール二箱。

段ボール二箱の荷物をベッドに広げたところに医師が。私は大慌て。

私「先生、食事をしに外出できるのでしょうか?」。医師「いいですよ。今すぐ行きますか?」。いくらなんでも、今着いたばかりでベッドの上に荷物が散乱した状態では外出はしません。

昔と違ってお見舞いは面会室。友達がお見舞いに来たので、外出許可をもらい、病院外のレストランでランチ。

美味しいランチで元気になって、病院に戻り、面会室で友達と弾む会話。それを見ていた入院中の人が、「お見舞いに来た人より、入院しているあなたの方が元気ね」と。

C型肝炎、自覚症状がなく進行する病気で、見かけは健康な人と変わらないのです。

病室で美顔パック

17日間の入院というと退屈だなあ～と、持参した書道の道具。病室で書のお稽古をしていたら、お掃除に来た人がびっくりしたり感心したり。たまっていた試供品の美顔パックを持参。眼鼻だけ穴の開いた白いマスク。看護師さんが急に入ってきたら驚いて卒倒すると困るので、「私、今からパックするので、驚かないで下さいね」と言ったら、「あったのよ。黙ってパックした人がいて、夜だったからびっくりして心臓バクバクだったわ」。伝えておいたので無事にパックができて、美しくなりました。

ウィルスが消えた

治験はアメリカでは認可が下りているもの、日本での認可を取るための最終段階のものでした。

17日間の検査入院後は通院。薬が効いてきたら、副作用により驚くくらい髪の毛が抜け、かつらを買わないとダメだと思いました。そして光が眩しく蛍光灯も見ることができませんでした。

通院1カ月で、血圧が最低基準以下となり、危険なので治験は中止になりました。すると髪の毛が抜けるのも光が眩しいのもピタッと止まりました。薬の副作用の怖さを知りました。

無駄な治療だったかと思ったのですが、肝炎ウィルスが消えていました。それから15年経った現在もウィルスは復活していません。

第8章

人生いろいろあって困っちゃう？

お転婆

初めての自転車

小学5年で子ども用自転車を買ってもらいました。その前は大人の自転車の三角のフレームに足を突っ込んで三角乗りをしていました。

昭和31年、まだまだ物の少ない頃。子ども用自転車は贅沢でした。近所で一番先に買ってもらいました。

嬉しくてあちこち乗り回しました。校庭で転倒して怪我をし、片手運転してゴミ箱に突っ込んだり、砂利道でスリップして膝に小石がはまりこんだり。

その傷が治らないうちに乗った風呂板がはずれて向こうずねを縫う怪我をしました。

外科医師には呆れられ、親には「片足無くなっちゃうよ」と言われました。

入学一週間で大怪我

中学入学から一週間。朝礼台に飛び乗り、踏み外して向うずねをえぐってしまいました。白い球が飛び出し、「あたし、死んじゃう」と大泣き。生物の先生に「これは脂肪だから大丈夫」と言われて、「へえ、ラードだ」と好奇心でしげしげと眺め、ピタッと泣き止みました。

校長先生に「入学一週間で大怪我をした人は、初めてです」と言われました。

忘れられない先生

授業中「お富さん」の大合唱

小学6年の時の担任M先生（男性）は、ピアノを弾ける先生でした。

先生は突然、当時の流行歌「お富さん」を弾き始めました。児童は大合唱。先生「誰が歌っていいと言った」。教室はシュンとしてしまいました。勇気ある男の子が「だって、先生が弾いたんだもん」。先生「弾いたけど、歌っていいとは言っていない」。先生も本気で怒ったわけではないのですが。

男女で並びたい人

またある時、M先生「男女で並びたい人」。生徒「ハイ、ハイ」。ほぼみんなが手を上げました。昭和30年頃はまだ男女別席でした。先生はみんなの希望どおり男女同席にしてくれました。みんな大喜び。他の教室の子たちに羨ましがられました。もちろん、遊ぶのも私のクラスは男女仲よく遊びました。

Column

男女七歳にして……

「男女七歳にして席を同じゅうせず（食を同じくせず）」

男女別席だったのは、儒教の『礼記《らいき》』の「男女七歳にして席を同じゅうせず」からきています。

「席」とは椅子のことではなく、ゴザのこと。ゴザは床に敷いて四人ほどで座るためのもので、これは布団としても用いられていました。つまり、「男女七歳にして席を同じうせず」は、同じ布団で寝てはならないと戒めているのだそう。

それが、男女が同じ席にいてはいけない。口をきいてはいけない。同席で食事をしてはいけない……となってしまったようです。

食事を男性は部屋で、女性は台所でという風景は昭和40年頃でも地方で見られました。

8

計算競争で切磋琢磨

先生が出した計算問題を早く解いた順に並ばせていました。

私の隣の男の子はとても勝ち気で、私のほうが早く並ぶと感情丸出しでくやしがりました。面白いので、私も一所懸命。その子より早く並べるように頑張りました。私も勝気。

切磋琢磨、おかげで計算問題が得意になりました。

50年ぶりのクラス会

M先生のクラスは楽しかった。

私は越境入学していたので、中学校はみんなとは別でした。高校卒業後、引っ越しして縁が切れてしまいました。クラスの一人が一所懸命探してくれて、50年ぶりにみんなと再会できました。

M先生には大怪我した時に大変お世話になったので、先生も私のことが印象に残ったようです。みんなに私のことをたずねていたそうです。みんなと再会した時は、先生はお亡くなりになっていらして、残念でした。

生徒に採点させた先生

中学2年のある日、学習委員だった私は、授業開始前に教員室から先生の指導書を教室に運びました。その時、隣の席のケンちゃんが、数学の指導書を隠してしまいました。指導書なので、教え方が書いてあります。生意気盛りの中学生。「なんだ、先生はこれがあるから教えられるのだ」と思いました。さあ、先生はどうするか？　好奇心。問題が出されても誰も手を上げない。机の下でケンちゃんとその指導書を見ていた私。「ハイ」と手を挙げて解答。先生は「よくできた」と。

先生は、誰か男の子が隠して回覧でもしたとわかっていたのでしょう。

その数学の先生は、教え方が上手でした。先生の授業で数学が大好きになった子が多かったです。解答が合っていても、解答に至る式が合っていなければ減点されました。それが数学をしっかり身につけることになりました。

テストの採点は生徒四人くらいにさせました。私もその一人。他の生徒の点がわかってしまうので、今なら大問題でしょう。昭和30年代はおおらかでした。生徒に採点させて、先生は何をするかというと、一人ひとりに手書きでコメントを書きました。注意することとか、「頑張ったね」とか。それが励みになり、数学が面白くなりました。もう、そういう先生はいないのかもしれません。

本と生きる

読書少女

〈川柳〉お年玉 もらう前から 皮算用

お年玉をくれる人を数え、とらぬ狸の皮算用。目当ては『少年少女文学全集』。お小遣いを貯めては買って、全巻揃えました。

貸本屋が流行った時代で、父が『源氏物語』『平家物語』ほか、歴史漫画を借りてきてくれました。小学生でしたから、源氏物語の内容は理解していなかったでしょう。六条の御息所は恐ろしい、明石の上は可哀そう、紫の上は可愛い。その程度の理解でした。

私が小学生の頃は、まだあまり車が走っていませんでした。二宮金次郎ではないですが、薪の代わりにランドセルを背負い、本を読みながら下校しました。

病気で入院した時は、お見舞いに花もお菓子もいらない。本がいいと言いました。

当時の楽しみと言えば、本とラジオ。

ラジオは、「赤胴鈴之助」、徳川夢声の「宮本武蔵」。落語、浪曲、講談などが好きでした。人形遊びはほとんどせず、釘とカナヅチとノコギリで工作し、鉈でまき割りの手伝いをするのが好きでした。

あとはやっぱり本が好き、図書館が好きでした。天井から床まで本がある環境にいたい。それで、「本屋にお嫁に行こう」と考えたのですが、本屋はもうからないかも？　とやめました。次に「学者と結婚しよう」と思ったのですが、「学者は気難しそうだからやーめた」と。子どもでした。

木下尚江に恋をして

大人になってから、木下尚江に恋をしました。きっかけは木下尚江『火の柱』を読んだこと。慶應義塾大学の卒業論文は木下尚江に決めました。

最初、「尚江」という名前から女性作家だと思っていました。明治時代に新聞小説で反戦論を展開するとは勇気があると思い感動しました。尚江は男性でした。

木下尚江は明治の社会運動家。明治37年日露戦争の機運高まる中、「毎日新聞」に非戦(反戦)小説『火の柱』を発表しました。それは大きな反響を呼びました。

私は、思想というより人間性、潔さにひかれました。

『火の柱』は論文としては取り上げにくかったので、卒業論文は『良人《りょうじん》の自白』にしました。

書くにあたって「卒業論文を書かせていただきます」と書いた手紙を墓前に供え、お参りしました。墓碑を見たら、もうお孫さんの代でした。「お孫さんに会うのは無理でもご縁のある人に会いたい」と墓前でつぶやきました。

それから数年後、慶應義塾大学の先輩に紹介された人が、木下尚江と生涯に渡って親友だった新宿中村屋創業者、相馬愛蔵・黒光《こっこう》夫妻のお孫さんでした。先輩はそのことを知らずに紹介したのでした。

相馬夫妻のお孫さんが木下尚江のお孫さんに会わせて下さいました。夢のようでした。

木下尚江がご縁の糸を結んでくれた、そう思いました。

阿刀田高さんに恋をして

阿刀田高さんに恋をして、作家になりたいと思ったのはいつからだったでしょうか。初めて読んだのは『ブラック・ユーモア入門』（ベストセラーズ、1969年）。次に読んだのが『詭弁の話術』（ベストセラーズ、1974年）。近年は発行順に読んでいます。

ちょっと怖くて、ちょっとためになり、ウィットに富んでいて。作風に強くひかれました。

阿刀田高さんの弟子になりたい。小説の書き方を学びたい。弟子になる方法がわからずに夢を果たせませんでしたが、これを書きながらも阿刀田高さんの作風が頭をよぎるのです。

トラブルと生きる

お見合いの前日にビル火事で負傷

21歳の時、お見合いを翌日に控え、上司に許可をもらい、近くのビルの美容院に行きました。

すると、美容院の隣室のサウナ風呂から出火。美容院の人の誘導に従ってお店から廊下に出たら、煙で1メートル先も見えませんでした。走ってきた人が煙の中で私に激突。

何とか外に出たものの、救急車が到着した時は失神。医師に「コンクリートの柱にぶつかりましたか？」と言われたほどひどい打撲でした。

「右目が失明するかもしれない」「お岩さんのようになってしまうかもしれない」と不安でした。

お見合いの相手の方は「治るまでずっと待っています」と言って下さったのですが、私は、お見合いはしたくなかったので、お断わりしました。

その火事で、燃えたのは1平方メートル、亡くなった方が3名。負傷者は私一人。燃えた面積が少ないのに犠牲者が出たのは、新建材から出る有毒ガスが原因でした。ニュースでも取り上げられました。

眼帯を掛けて出勤できるようになり、廊下で専務とすれ違ったら、「君、テレビに出ていたね。大したもんだよ。僕は頼んでも出してもらえないのに」と言われました。

26000円のレインウェアジャケット

雨の中、長時間の外回りの仕事をするのに適した防水・高透湿性のレインウェアが欲しい！

調べて、見て回って、試着して、機能性がよい登山用品MILLETのTYPHON。ブランド品には関心がない私だけど、条件に合うのはこれだけ。買いたい。

でもジャケットだけで26000円。私には高価すぎる。

2年間いろいろと我慢して、やっと購入！

ところが、帰りの電車で居眠りをして、下車駅で降りてから、ジャケットが入った買物袋がないことに気づきました。

電車にもなく、交番に遺失物届を出すもジャケットは見つかりませんでした。

でもおかしい。降りる時に座席を振り返ったのですが、そこには何もありませんでした。居眠り中に盗られたのでしょうか。

一度も着ていないけれど、こだわったって仕方ない。

「で、どうしたの」って？　必要なので、日本メーカーの上下で15000円のレインウェアを買いました。

占いは 当たるも八卦 ばかりなり

「当たるも八卦、当たらぬも八卦」とは、占いはかならず当たるとは限らないので、吉凶いずれにしても気にすることではない……ということです。

成田山新勝寺にはたくさんの占い師がいます。占いの結果が凶でもハッキリ言うので話題を呼び、テレビに出演して大人気になった占い師がいました。その占い師のところは長蛇の列。昭和55年頃のことでした。

並ぶのが嫌いな私。地元の人にどこが当たるのかを聞いて、行列のない占い師へ。

占ってもらったのは4月。「7月にご主人にとって晴天の霹靂のようなことが起きるね」と。心では離婚を決めていました。そして7月に離婚しました。夫にとってはまさに青天の霹靂だったようで、「寝耳に水だ」と言われました。生年月日と名前だけしか告げていないのに、占い師は先が見えていたのでしょうか。

離婚後数年たってから同じ占い師にまた占ってもらいました。私の方も占いを全面的に信じているわけではないので、興味本位で占ってもらいました。

私「再婚できるかしら」。占い師「止めときな」。私「えっ？」。占い師「また出してしまうよ」。

離婚は私から申し出て、夫が家を出たのですが、なぜ、私が夫を出してしまったことがわかったのか不思議でした。

占い師「一つの家に男は二人はいらない。あんたが旦那さんを出してしまう。あんたはお母ちゃんのお腹の中に忘れ物をしてきたんだよ」。私の口からつい出た言葉は「今更、取りに戻れないですね」。

8

言ってしまってから恥ずかしくなりました。

さらに占い師は、「あなたは身内の縁は薄いのだけれど、困ったことがあると必ず助けてくれる人があらわれる」と。

私の子ども時代、正義の味方といえば月光仮面。大人になっても、月光仮面がどこかか現れると心で思っていました。そして占い師が言った通り、困ったことがあると必ず力になってくれる人が現れました。そして困難を乗り越えることができました。

占い師は、「若い時にはとても苦労するけれど、60歳を過ぎたら、とてもよい人生になる」とも言いました。

それから60歳になるのが楽しみでした。本当にそれまでの困難が霧のように晴れて、楽しい人生が始まりました。年々、よくなっていく人生を実感しています。

スキーで夢を

「幾つになっても何かを始めるのに、遅いということはない」私の信条です。
「できないは、やってみてから言う言葉」私の考え方です。
「諦めなければ夢は叶う」私の今までの経験からそう思います。
「目標」とするとストレスになるので「夢」。
思い続けていると、ふとした拍子にチャンスが来ます。
それを逃さずキャッチ。必死で頑張ったわけではなくても、夢は叶うのです。

初めてのスキー

母が大変な心配性で「スキー=骨折」と思ってしまう人でした。全員が骨折するわけではないのにスキーに行かせてもらえませんでした。

20歳で初めてのスキー。ボーゲン、斜滑降は覚えました。

リフトにしがみついて涙ぽろぽろ

50歳で30年ぶりのスキー。

「その歳でスキー？　無理でしょ」と言う声が聞こえましたが、大学の通信教育課程の体育でスキースクーリングを受けました。

なぜスキーを選択したかというと、古くて分厚いテキストで勉強して筆記試験を受けるのが嫌だったからです。実技のスキースクーリングは、参加しさえすれば単位が取れました。

50歳、受講生で最高年齢。

クラス分けで中級に。リフトで上に行っては滑り降りてくる。そこまでできない私。リフトの棒を握りしめて涙ぽろぽろ。

先生は「中級で大丈夫ですよ」と。でも私は辛かったので初級クラスに移動しました。

初級クラスの指導の先生は51歳の女性で、もとオリンピック選手。その滑りは鶴が舞うように美しかったです。

「斜滑降は我慢して我慢して、我慢して端まで行ってからゆっくりターン。シャカシャカやらない」という指導。滑れるようになり、スキーが楽しく生き返ったようでした。

ピンクのウェアにゴーグル、年齢なんてわからない

ショッキングピンクのスキーウェアを買ったら、職場の人たちが50歳過ぎの私に、「きっと声をかけられるわよ」と。

ゴンドラに乗ったら、サーッと滑り込んできて私の隣に座った男性。30歳くらい。少しお話をするうちに、「昔はゴンドラなどなくて、1本リフトでした。あれは怖かった」と私。で、年齢がわかったようで、終点に着いたら、サーッと風と共に去って行ってしまいました。

その話を職場でしたら大盛り上がりでした。

60歳までぼっちスキー

パラレルターンができるようになったら面白くて仕方がありません。コブはずり落ちながら降りてくるか、林間コースに迂回するか。なんとかコブを降りてこられるようになりました。

一緒に滑っていた若い友達はやがて北海道やら海外スキーへ。そこまで行けない私は「手ぶらでスキー」でガーラ湯沢。雪質は我慢。ひとりぼっちスキー。

ある時、新雪にビンディング部分まで突っ込んで身動きができなくなりました。平日でスキーヤーは少なく、誰も通りません。20分くらいもがいてなんとか抜けました。ぼっちスキーは危ないので60歳でやめました。

もう一度滑りたい。80歳までに。私の最後の夢。

諦めなければ夢は叶います。

あとがき

「つれづれなるまゝに、日くらし硯にむかひて、心にうつりゆくよしなし事を、そこはかとなく書きつくれば、あやしうこそものぐるほしけれ」

（吉田兼好『徒然草』序段）

仕事を辞めて家にいるようになったら、このような暮らしをしたいと若い時に思いました。硯ではなくパソコンに向かってキーをたたく日々。諦めなければ夢は叶うものですね。合同フォレスト株式会社さんが、エッセイを書きたいという私の夢を応援して下さいました。特に編集の澤田啓一郎さんには大変お世話になりました。書くことの幸せを感じました。有難うございました。

楽書家・今泉岐葉先生に書を師事しております。先生の「いのちいっぱい生きるのだ」

は大好きな言葉です。私のもとにお嫁入りした作品から、毎日、元気をいただいています。
この度は、本書の扉ページへの掲載をお許しいただき、深く感謝いたします。

人生にはいろいろな出来事があります。慌ただしく生きてきましたが、落ち着いて本書を書いていると、多くのことがわかりました。自分は変わったと思っていたのですが、もとの性格や考え方には変わっていない部分がありました（三つ子の魂百までも）。つまり、真の自分というものが一本通っていたのです。
また、子どもの考え方や行動の中に私を見ることがあります。親の性格を受け継いでいる、ＤＮＡだなあと感じます。夢中で育てている時は気づきませんでした。

この本を、私と三人四脚の生活をしてくれた息子たちに捧げます。

２０２３年6月

面影 静華

著者プロフィール

面影 静華

（おもかげ しずか）

生涯学習アドバイザー

1945年、東京生まれ。慶應義塾大学卒業。都立駒場高等学校卒業後、就職。結婚するも12年で離婚。女手一つで子ども二人を育てる。子どもの手が離れたのを機に、48歳で慶應義塾大学へ入学。勉強と仕事、家事をこなす生活の中、職業訓練校にも入学。50歳で全経簿記2級と電卓検定3級を取得。大学は60歳で卒業。ボランティア清掃をはじめ、地元の会報誌づくりなど精力的に参加。リアルだけでなくSNSのコミュニケーションも欠かさない。新しいモノ好きであり、最近のお気に入りはスマートウォッチ。

本名大森静代としての著書に『働きながら60歳で慶應義塾大学を卒業した私の生涯学習法』（合同フォレスト、2015年）がある。

企画協力　ネクストサービス株式会社　代表取締役　松尾 昭仁
組　　版　GALLAP
装　　幀　GALLAP
写　　真　面影 静華

しなやかに凛として

忙しければ悩まない　悩む暇あったら歩きなさい

2023年8月10日　第1刷発行

著　者　　面影　静華
発行者　　松本　威
発　行　　合同フォレスト株式会社
郵便番号 184-0001
東京都小金井市関野町 1-6-10
電話 042（401）2939　FAX 042（401）2931
振替 00170-4-324578
ホームページ　https://www.godo-forest.co.jp
発　売　　合同出版株式会社
郵便番号 184-0001
東京都小金井市関野町 1-6-10
電話 042（401）2930　FAX 042（401）2931
印刷・製本　新灯印刷株式会社

ISBN 978-4-7726-6237-6　NDC 914　188 × 130

合同フォレスト
ホームページ

合同フォレストSNS
facebook　Instagram　Twitter　YouTube